U0539459

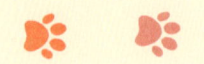

下班後，人生才開始

上班決定薪水，下班決定人生！

目錄

CHAPTER 01
職場小謀深算，沒事趕快下班

- 有班能下，真是太好了 …… 10
  - 辦公室人氣貼文教學 …… 14
- 上班好同事，中午出去吃 …… 20
  - 辦公室裡的仙女 …… 22
- 上班的小確幸與小不幸 …… 29
  - 辦公室生存指南 …… 33
- 職場裡有一種生物叫情緒化老鳥 …… 38
  - 大餅的食譜 …… 41
- 把興趣當工作會很痛苦嗎？ …… 44
  - 剪影片的資工系男生 …… 47
- 永遠也無法成為資工女孩 …… 50
  - 最好的離職：練習說再見 …… 54

CHAPTER 02
下班生活決定人的一生

- 好好吃飯，因為夢想不能當飯吃，但它可以當生命的糧食 …… 60
  - 壞的開始，是成功的全部 …… 66
- 最棒的下班 …… 70
  - 人生的定積分與不定積分 …… 76
- 第一次有自己的房間 …… 82
  - 一個人住得很爽的小技巧 …… 87
- 國際舒服等級表 …… 91
  - 獨處是 60% 的苦與 40% 的甜 …… 94
- 一個人的台北散步地圖 …… 99
  - 100 件下班待辦事項 …… 106
- 住屋改造進化史：我家還有別人的家 …… 140
  - 貓的報仇 …… 172
- 想把生活變成電影的原因 …… 179

CHAPTER 03

一個人的下班料理

- 沒魚蝦也好，有干貝的話更好 ⋯⋯ *186*
  - 1500 元吃 1 週，1 人菜單規劃 ⋯⋯ *193*
- 料理之心，人皆有之 ⋯⋯ *200*
  - 有一種美食叫台式幽默 ⋯⋯ *206*
- 人生第 1 個便當，和後來的 50 個便當記錄 ⋯⋯ *218*
  - 怦然心動的便當與令人沮喪的便當 ⋯⋯ *224*
- I 人與 E 人的便當 ⋯⋯ *230*
  - 16 型職場美食 MBTI ⋯⋯ *233*
- I 人的沉穩力量 ⋯⋯ *249*
  - 你是哪一道上班族午餐？職場心理測驗 ⋯⋯ *250*
- 兩點一線的終點：時間可以熬出美味，時間可以沖淡一切 ⋯⋯ *262*

Ann's Whisper
安安內心話

- 別拿下班的藥，緩解上班的傷 …… 268
  - 「不想麻煩別人」的這種心意 …… 270
- 七味粉的辣是七分之一 …… 272
  - 老媽曾經是辣媽 …… 274
- 第一道人生料理 …… 276
  - 從下班到離職到追夢 …… 278
- 東京友情故事 …… 280

（作者序）

六點到了，容我從江湖上引退一下，明早再來繼續上班。有點期待，因為今天的武打戲還算精采。上班就是這樣，總是同時存在著喜歡和不喜歡，然而人生也是，沒有純粹的可惡或可愛。

上班曾是我生命的全部，所有的榮譽感、成就感、歸屬感，全都仰賴著那規律的朝九晚五，彷彿那張辦公桌，已與我登記成為一輩子的歸宿。

就因為上班對我來說如此重要，所以總是牽動著我所有的心情起伏，曾經仰望的辦公大樓，也從某一天開始，變成了地上十八層的地獄，牢牢地拴住了我的軀體。軀體被拴住了，然而心還活躍著，至此才發現，下班並不是單一線性的放鬆，而是另一種形式的自由，這種自由，允許我們短暫地在現實世界裡，克制又奔放地做夢。

人生的很多問題，都因為上著一個班而能逃避，但如果下班不再是短暫的逃離，而是生活的另一條主要路徑，那麼下班後的日子，就不再是空虛的渡口，而是比美夢更趨近於現實的夢。

這本書，想帶著你一起打破「上班」與「下班」一直以來的二元對立，也想停止那永遠的世紀難題──在工作與生活中二選一。許多夢想的成功，不是來自於辭職的衝動，而是疊加於下班的緩步築夢。如果，你對你的工作不討厭也不喜歡，甚至還有一點倦怠，那麼很可能是因為你已經足夠上手。而興趣愛好，也可能是因為還沒經過社會打磨，才如此熾熱燙手，等它們被錘鍊純熟，或許就會變成那個喜歡比不喜歡多一點的工作。不過不管是不是工作，生命都多了另外一種可以選擇的生活。上班決定薪水，下班決定人生，然而有一天，下班可以決定的，或許比你想像的多更多。

本書作者 張安安
2025.3.17

你永遠不會知道今天辦公室裡，
要上演的是晨間日劇還是宮鬥大戲。
上班小確幸、下班大確幸，
職場教會我們在消極裡積極。

CHAPTER

01

職場小謀深算,
沒事趕快下班

有班能下，真是太好了

有班能下，真是太好了。既擁有上班族的身分，又擁有下班時的自由，沒有人能指責我的天馬行空，畢竟「我有在上班欸！」這句話就是免死金牌。

所以下班時間最適合做夢。

這個夢，做得心安理得、正正當當，再怎麼恣意狂想，有上班來擋，一切就安然無恙。以前做夢可能會被罵，但自從上了班，這個夢越做越大，也沒人會糾正我。那些嘮嘮叨叨，在上班面前都自動變小聲。不管是小欲望還是大野心，下班時間的夢，總能做得最美最活最生動。畢竟待業中、學生、自由工作者⋯⋯等任何身分，都不像「上班族」那樣被牢牢地貼上「人類社會使命」的標籤。這張標籤代表了這個人正在盡他一生最長的責任，一週五天、一天八小時，這班一上，可能就是從畢業到六十五歲都不止。

而人,總是要經歷過面試、上班、倦怠、離職⋯⋯一輪又一輪的職場生死鬥,才能嘗盡非黑即白的苦頭,然後學會在灰色地帶裡遊走。

在什麼都還沒有的年紀,似乎「上班」就是人生的全部,主管、同事就是最重要的評審。進了公司以後,所謂的夢想,成了不切實際的幻想,時間輪到了我們這裡,我們就該要長大。有人說,夢想不會遲到、每個人都有自己的時區,但在這個UTC+8裡,我光是每天趕捷運就已經來不及,深怕遲到五分鐘,就沒了全勤還要被扣薪,哪有時間做夢。那些做過的夢,在學生時期種下了小小的種子,才剛發了芽,就要被輕輕拔起。還好,不是連根拔,捧著這堆小小的土根,偷偷找一個地方把它種下,有一個土壤肥沃的地方,就是每一天的下班時光。

原以為學校的終點是個點,沒想到上班是比整個青春都還長的一條線,緊緊纏繞後再打一個超大的結。生命既然已被這樣綑綁,不如就讓這條線,牽引我們去另一個地方。

夢想的芽,在下班的土裡長大。

如果說家是避風港,那上班,就是另一個避風港。人生許多艱難的問題,都因為上著一個班,可以暫時被忽略和逃避。上班很討厭,但是也給了我們巨大的安全感,例如可以勇敢面對回家過年、同學聚會、朋友聚餐;還多了一個每天的期待——下班。有人說:「不要跟我談夢想,我的夢想就是不上班。」我覺得,他的夢想不是不上班,是可以趕快下班,然後明天還有班可以上。畢竟躺平也沒那麼好躺,躺太久,腰還會痛。

- 25歲的下班
揹著吉他
趕著要去練團
還保有熱血的
叛逆上班族♫

- 28歲的下班
加班加班
下個升職的
是我吧?

其實我們沒有那麼不想上班，我們只是更想下班。

下班後，身體回了家，靈魂可以安心放蕩。到了再遙遠的地方，那個辦公室裡還有一個我的座位，等著我明天回到現實世界。

這樣一想，下班，不就是世界上最浪漫的事嗎？所以從現在開始，認真地下班吧！

・30歲的下班
拿著沒喝完的咖啡
經過信義區的百貨
卻只想趕快回家

35歲的下班・
剛加完班
買便利商店便當
友善食光和i珍食
都打折欸。

辦公室人氣貼文教學

　　職場小白好不容易進到新公司，當然要拍照打卡、向老同學展示一下充實的上班族生活，畢竟，炫耀本來就是一種前進的動力嘛。公司裡一天到晚年會、論壇、慶功、尾牙，有人抱怨事情好多、麻煩又複雜；有人一邊抱怨，一邊又上傳了照片兩張。當初可是突破重重關卡，現在才能手持一張代表榮耀的公司電梯感應卡、享受著公司的內部裝潢，打卡 Po 文炫耀一下，其實真的也不會怎麼樣。但怎麼 Po 才不讓人討厭，就是一門學問了。容不容得下貼文，是大家的氣度，能不能讓大家容下，是貼文的本事。

　　以下統整了最常見的辦公室打卡貼文技巧，只要學會了，就能簡單輕鬆地呈現上班族的繽紛生活。不想學的話，也沒關係，知己知彼，以後看到那些五光十色的貼文，就不會以為人人都是辦公室當紅炸子雞。不要因為貼文而焦慮，那只是一種思考過後的別有用心，就是可愛又討厭，才讓人忍不住想繼續滑下去。

電腦畫面
看起來很認真

怪怪公仔
一系列的

凸透鏡
看誰走過來

咖啡
時髦感

咖啡提神　# 主管請的　# 等下要開會

記錄一下尾牙前混亂的每一天
希望明年不要又我負責

1. 幫 OA 辦公桌拍照

小技巧 佈置充滿個人風格的辦公桌，但是不能太精緻喔，要有點亂亂的，才能呈現可愛的社畜感。

實作 辦公桌上要放幾隻心愛的卡通公仔，而且要很冷門的那種，這樣既可以表現自己的搞怪靈魂，還可以說明此人獨具品味。建議使用一杯咖啡當作前景，營造出時髦的都會上班族氣息。

辦公中　# 勿吵

辦公桌貼文實錄

準時打卡
乖乖上班

老鳥 OS：這有什麼好拍的 == ？

焗飯好吃

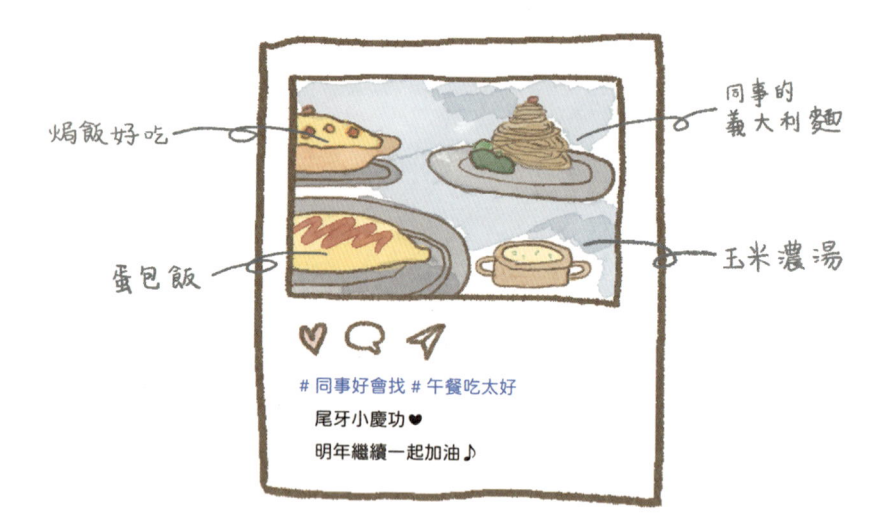

同事的義大利麵

蛋包飯

玉米濃湯

同事好會找 # 午餐吃太好
尾牙小慶功 ♥
明年繼續一起加油 ♪

2. 中午小聚餐打卡～繽紛充實的午休時光

小技巧 別拍同事們面目猙獰地吃東西還 tag 人家，小心被封鎖。等餐點上得差不多，就可以開始拍囉！不用等到菜全部上完才拍，因為這樣會讓其他人等太久，顯得不夠大方俐落。

實作 坐在自己的位子，以斜角俯瞰的角度，鏡頭環顧一下大家的餐點即可。不用拍得太精緻也沒關係，記得標註在場的所有人。配文如果加上一兩個工作上的專用術語，就能表現出向上又團結的氛圍。

一起驗測的夥伴們
專案小組自主午餐會議

上班族午餐貼文實錄

得運動力
好吃

程式碼 ⌐

社畜風公仔 ⌐

拍到時鐘

報告書

\# 十點十分 \# 整棟剩我一個 \# 又我關燈
連續加班一週達成～！
新竹晚上風有夠冷

3. 加班必拍

小技巧 桌上一定要有很多的紙類、報告書，這樣看起來就會更有認真的感覺喔！喜歡拍螢幕的人，要注意不能拍到公司的機密資料。

實作 如果公司環境漂亮，可以拍空無一人的辦公室，順便分享內部裝潢，記得要找比較富麗堂皇的地方拍，效果極佳。拍攝桌上小物並帶到時鐘是常見的表現手法，如果可以的話，拍到專業的器材、書籍或資料，會更有因為能力太好而被留下來加班的氛圍。

\# 連續加班一週達成
\# 科技業都這樣嗎

加班貼文實錄

\# 補班補到 90°度估
\# 你們怎麼不叫我起來

唱歌的同事

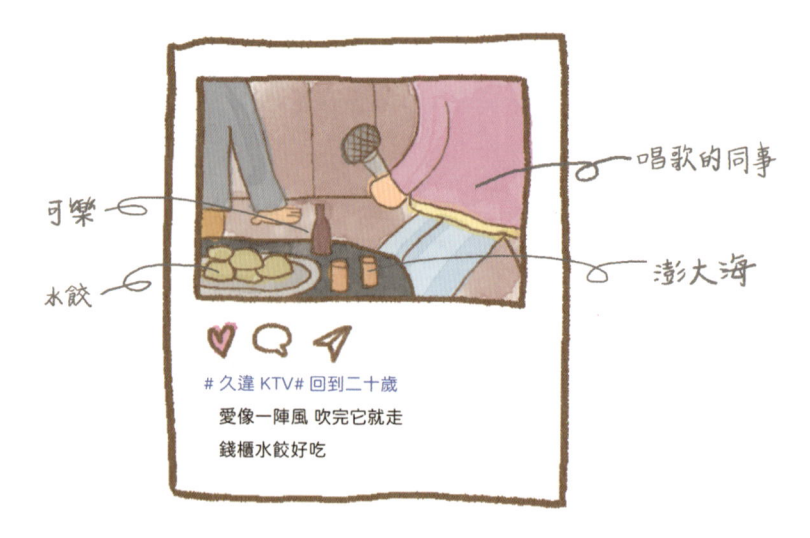

可樂

澎大海

水餃

#久違 KTV #回到二十歲
愛像一陣風 吹完它就走
錢櫃水餃好吃

4. 同事 KTV 歡唱～下班後的苦中作樂

小技巧 桌上放啤酒或調酒，營造出成熟的大人聚會感。配上微凹的啤酒瓶，呈現一種不醉不歸的氛圍。

KTV 嗨唱貼文實錄

實作 點些繽紛的飲料和食物，讓桌面上不是只有澎大海。記得把桌上的垃圾和衛生紙丟掉，構圖才不會雜亂。使用廣角鏡頭，效果也很不錯喔！拿著麥克風邊唱邊拍、

#不知不覺
#我跟了這節奏

或拍背影也很有氣氛。妝花了，就拍一張大家拿著麥克風的手，既熱鬧又不害羞。在包廂裡面要多拍一點照片，因為大家唱完歌已眼神渙散、一臉職業倦怠，出了 KTV 才拍的大合照，看起來超像某種公司自強活動的團體照。

#唱個歌吼成這樣
#壓力是有多大

窗外有飛機 快拍！

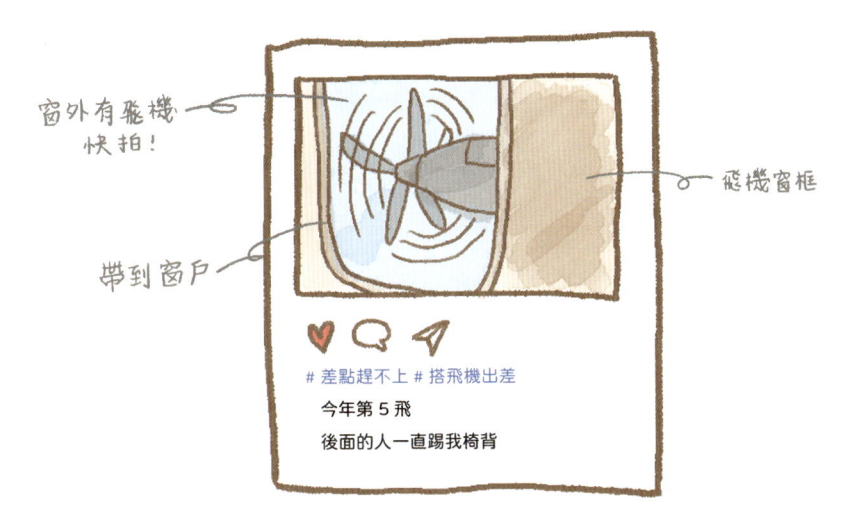

飛機窗框

帶到窗戶

\# 差點趕不上 \# 搭飛機出差

今年第 5 飛
後面的人一直踢我椅背

5. 出差必拍

小技巧 不論是苦差事還是麻煩事，出差是唯一可以在上班時間離開公司的正事，還特別能夠顯現出您在公司不可或缺的重要性。朋友同事都會覺得您身負重任、身兼要職。如果是到國外出差，那更是彰顯事業版圖拓展全球的好時機。

實作 如果坐飛機或高鐵出差，那麼拍到交通工具是最好的。例如從窗戶拍風景（要帶到窗框）或是拍飛機外觀、高鐵車站都是不錯的選擇。如果是開車出差，可以拍車上同事們的背影或方向盤上的手，就能夠呈現出一股戶外教學的歡快氛圍，讓以前的朋友同學感受到您多采多姿的工作生活。

出差貼文實錄

\# 起飛囉
\# 今日工事

\# 好衰 \# 又我出差
\# 桃園機場第二航廈

上班好同事，中午出去吃

第一年出社會上班，我還是個職場小白，每天中午跟同事們像進香團一樣整團出去吃午餐。有時候，光是在電梯口考慮著忘記揪誰、等下要講新的八卦、找了誰就不能找那個誰⋯⋯就花了二十分鐘。

午休時間也才一小時，裝熱絡、找吃的、等上餐到吃完，再一起趕回辦公室，午休也差不多結束了。然後再昏頭昏腦地度過下午的第一個小時、苦撐著精神到下班，就是大部分上班族的一天。

\ 上班族的午餐轉盤 /

拿出一支筆，在轉盤上旋轉～筆尖朝哪邊，今天吃哪間！

　　那時，同學都剛出社會不久，在社群上 Po 著跟新同事聚會打卡的貼文，配上調侃社畜生活的字句，像是急著洗去學生的稚氣，向世界宣告：「我可是個穿正裝上班、在這世界找到落腳處的社會人士！」我也很熱衷於群聚的團體生活，如果下班還跟同事一起揪出門，那更是回到了大學一般的青春時光。人家說什麼「上班好同事，下班不認識」，那時我心想：「他們下班不會很無聊嗎？」現在回頭看，只是那時，我太閒了。

辦公室裡的仙女

在我初入職場時，辦公室裡有一個非常漂亮的女同事，大家都說她是「仙女」。她不跟大家一起出去吃，都自己帶便當，平常也不太跟大家八卦和聚會，連訂飲料、下午茶都不跟。每天中午，她都拎著自己帶的便當，悠悠哉哉地在自己位子上打開來吃。便當蓋打開的那一刻，就彷彿在委婉地說：「不好意思，我沒有要跟你們出去吃～」多麼自然地獲得了安靜享受午休時刻的權利──一個完全屬於自己，又並不顯得孤僻的午休時刻。

每天上班忙著跟大家一起講八卦、下班還要跟聚會的我，心裡覺得她很酷。

說實在的，我是想要講八卦嗎？我是下班還想聚會嗎？不過就是怕沒有被歸進群體裡面、變成沒有小團體的人罷了。同時，也還分不清學生跟上班族的身分，想在公司同事身上，延續校園生活的青春。

久而久之，小團體開始分黨結派，氣氛變得烏煙瘴氣，大家陸續離職。而仙女還是一樣出淤泥而不染，那些狗屁倒灶的事情彷彿都與她無關。

後來，我也離開了那裡。很久以後，聽說又有新人入職，仙女跟新同事變成了好姊妹，常常在社群上拍照打卡。原來當時只是沒遇到頻率相合的人啊！我恍然大悟。在那個搞不清楚狀況的年紀，發生的很多事情我都已經記不清，只有一個信念深深地留在我心中：

「想當仙女，就不要去不想去的飯局，
　不會有人因此討厭你。
　喜歡你不必因為飯局有去，
　討厭你也不是因為飲料沒訂。」

我要變仙女

一開始自己煮,是想減肥,還有我也想當「仙女」。每天看仙女同事帶便當,我也想試試看自己帶便當。我想起高中時,班上有一種女生,體質纖瘦、怎麼吃都吃不胖,平常對炸雞薯條也沒什麼欲望。同時也是她們,在偶爾慶生時,會不忌口地吃完切分的蛋糕,連奶油都吃光、完全不怕胖。「吃」對她們來說,好像沒有興奮感也沒有罪惡感,反而像我這種人,平常總是忍不住吃炸雞,必要時又不敢吃奶油。

我發現瘦瘦的她們好像有一個共通點,就是都吃家裡準備的便當。然而,在多年後自己煮的現在,我才了解了為什麼。自己再怎麼煮,都不會像外食那樣高油高鹽,長期下來,身體會習慣清淡,吃太油的東西,反而會本能地不適應,所以甚至很難連吃兩餐的高熱量食物。剛上班的那半年,我每天中午跟同事出去吃,公司附近的義大利麵、焗烤燉飯、麻辣火鍋⋯⋯都吃遍了。也開始習慣被關在玻璃帷幕大樓裡,早上到晚上、九點到六點,然後再加班。

隨著時間過去,大腿上的肉慢慢長了出來,我終於受不了了,決定開始自己做便當。

那時,我的小套房裡只有一支家裡扛來的快煮鍋。要用這個變出一個便當⋯⋯實屬有些困難,我連白飯都煮不出來。於是,開始煮的那一天,我在下班路上的熱炒店買了一碗白飯,不然,我沒有飯可以帶。全聯一盒玉米筍、一把青菜、一盤豬肉片,就是我全部的食材。也不過就是燒了一鍋滾水、把所有食材丟進去燙熟而已,就這樣弄了一個簡單到要加很多胡椒鹽才有味道的便當。儘管那個便當是這麼簡陋,第二天上班時我卻一直期待著午餐。「什麼時候可以打開便當盒呀!」那麼無聊的上午,就因為一件事情而雀躍。

午休時間,我沒有跟同事出去吃,卻一點也沒有孤單的感覺,我滿心只期待著打開前一天做的便當,然後為它拍幾張照片。便當裡,是冰了一夜的玉米筍,還有煮到爛透的蔬菜;稍微好吃一點的,只有豬肉片。「還真是不怎麼樣啊⋯⋯」我邊咀嚼邊想著,然後,開始思考今天晚上要煮什麼便當。

第一次一個人的午休，我沒有睡著，滿腦子都在想下班要去買什麼食材。當腦袋裡有事情要想，光是一個人就很忙了，根本沒時間感到孤單。

有人會說，自己煮很傻、外食方便又便宜，然後從此，身體對糖分和鹽分的需求，都交給了樓下的攤位來決定。與其說我想要自己煮，不如說我是想要掌控自己。自己的油、自己的鹽、自己的冰箱、自己的身體，全都交給自己決定。

上班的小確幸與小不幸

　　辦公室應該是全世界匯集最多小確幸與小不幸的地方，為什麼說是「小」，因為辦公室那麼安靜，發生了什麼事都不好大聲嚷嚷。在平靜的外表下，內心的波瀾迭起都要裝沒事。誰裝得越好越神祕，誰的段位就越高，誰越愛大呼小叫，就難保下一個衰事不是落到他頭上。

　　在初入職場的小白兔時期，發生一點小事就覺得天要塌下來，我也曾經在同事面前哭過，什麼都掏心掏肺地想要講開。但在職場裡活得最久的人，總明白一個最大的道理──任何小事都可能讓一個人黑掉，但任何大事，也都無法真正撼動一個人的存在。只要夠雲淡風輕，什麼事都會過去，只有攸關自己利益的事情，才是人們真正考量的重心。一旦悟出了這個道理，上班反而很簡單，不像其他地方有那麼多的不知所以然，在龍爭虎鬥的職場之中，只要站在對方的角度思考──「他想要的、他害怕的、他顧慮的」，所有事情都會有答案。

或許就是辦公室職場文化這麼的暗潮洶湧，才讓那些平凡的小波瀾顯得如此可愛。不能隨便亂跟別人說喔！這些小確幸與小不幸，就這樣跟我一起放在心裡。不到離職後的歡送聚餐，任何秘密最好都不要跟同事說出來。

/ STORY 01 /

小確幸

第一天上班，
看起來人很好的
同事主動幫我訂
雞腿便當，
超感動。

到職 Day1
你要吃嗎

小不幸

結果一個月後，
開始每天找碴。

1個月後

在其中一個資料夾！
密碼我忘了！自己找！

/ STORY 02 /

小確幸

一邊工作，
一邊戴著耳機
聽超愛的歌打拍子。

小不幸

結果耳機根本沒插好，
超嗨的歌在安靜的
辦公室裡大聲播放。

/ STORY 03 /

小確幸

同事離職，
請大家喝飲料。

> 我做到今天
> 請大家喝飲料！

小不幸

結果他的工作
都落到我身上。

> 之後的工作
> 就交給你了

交接清單

/ STORY 04 /

很煩!! 他又把事情全都推給我 每次都是 超級過份

小確幸

午休時間一起講討厭同事的八卦。

小不幸

走出會議室,結果那個同事在門外聽了很久。

/ STORY 05 /

小確幸

同事突然講了一句超好笑的幹話。

小不幸

回到家忘記他講了什麼,只記得很好笑,內容想破頭都想不起來。

/ STORY 06 /

小確幸

討人厭的同事終於被罵了。

小不幸

結果他做錯的部分叫我來改。

/ STORY 07 /

小確幸

一到公司，電梯剛好到一樓不用等。

小不幸

結果跟討厭的同事搭到同一班，只好一直看著電梯的按鈕，第一次對電梯樓層這麼感興趣。

/ STORY 08 /

小確幸

下午的會議,
有免費的飲料喝。

小不幸

結果我才剛跟隔壁小組
一起訂飲料。

/ STORY 09 /

小確幸

擁有一張可以刷進
高級商辦大樓電梯
的識別證。

小不幸

早上上班時
卻忘記帶識別證,
結果沒打到卡……

CHAPTER 1 職場小謀深算,沒事趕快下班

下班後,人生才開始

辦公室生存指南

職場上最厲害的人，不是在聚餐飯桌上侃侃而談、吸引大家目光的人，而是那些在話題結束的沉默片刻，也能怡然自得地吃著飯、完全沒有要救場的意思的那種人。他們多麼成熟！可以和生活中的小尷尬安然相處。上班上久了，就會發現，活潑可愛固然討喜，但真正能升上去的，往往不是最可愛的人，而是那些真正的高手——他們偶爾逢場作戲、內斂低調又神秘。

職場深度套裝行程

大餅吃了　黑鍋揹了　八卦傳了

三節獎金　年終1折大降價

冷水喝了　馬屁拍了

又是吃苦又是吃虧，不如好好吃頓飯。

上班發生不開心的事很正常，那些眼中釘、肉中刺，都是工作縫隙中的必要小事。如果被主管罵、被同事陷害，就趕快配合著看起來痛苦一下。但如果每天攪和在裡面出不來，就會影響到真正的工作。

厲害的人，不是沒遇過鳥事，而是遇多了所以沒感覺。職場不只路很長，時間更長，有人的地方就有江湖，所有的推心置腹都可能變成肝腸寸斷，既然往肝裡去了，就別往心裡去。

對付老鳥 10 大招

1. 老鳥故意給錯的檔案、資料、密碼
破解方法　老鳥都怕麻煩，只要你不要害羞地一直問、到處問，問到有人跟你說，當老鳥發現事情被弄得有點複雜，就不會有興致再這樣玩弄人了。

你不會自己估狗嗎？

沒有欸，我們都問ChatGPT

2. 你沒問我就不講，你問了我就亂講
破解方法　多問幾位同事比對求證，也可以在有第三人在場時，問他亂講的內容，下次他就不敢再這樣了。

3. 隨時緊盯你在幹嘛，沒他的事也要管

破解方法 先記得老鳥的行事曆，時不時主動關心他手上的事情，老鳥覺得你掌握他的進度、好像很精明，就不會想要隨便發動攻擊，因為怕會被反攻。

4. 叫你做不關你工作的雜事

破解方法 雜事可以偶爾幫忙，但不能一直做。幫太多，會沒時間做自己的工作，而且也與績效無關。如果下次又被順手交辦主管不知道的雜事，就要將事情往上呈報。「這個我不太確定能不能做，會寄信給主管詢問一下。」通常老鳥就會摸摸鼻子說不用。

5. 開會時，突然把鍋甩到你身上

破解方法 開會就是情蒐能力的火力展示。任何事都要當作蒐證一樣留下白紙黑字、所有工作都要透過 email 留下紀錄。只要拿出證據，對方就會沒話說，也不敢再隨便亂甩鍋。信件保存留底、對話截圖留存，多年以後，還活著的人都像自己的小律師。

6. 把你當空氣、開會不通知

破解方法 不用糾結於一件不給你做的事,把手上的其他事做好,自然就還會有別的事要做。

7. 加班最好加到爆,但加班費不能報

破解方法 觀察公司氛圍,如果加班是公司文化,那就無法改變,只能看自己接不接受。如果是故意欺負新人,那就要學會推掉不屬於自己的雜事。先觀察公司信箱和 Line 群組,其他人怎麼打太極,再學著把鍋甩出去,那麼,莫名其妙的加班就會遠離你。

8. 先給一點小恩小惠、請你喝咖啡,再提出無理要求,你就不好意思拒絕

破解方法 合理的要求是訓練,不合理的要求就是不合理的要求,不是磨練。就算受了一點小恩小惠,也不用因此過度感謝,再找機會回報就行了,也

可以用小小的請客表達感謝。如果擔心突然請客很突兀，找件工作上的小事感謝對方的幫忙，例如：「謝謝你上次教我的做法。」基本上，對方都會感到開心的。

9. 畫大餅給你吃，好讓你做更多超出範圍的工作

破解方法 職場上的所有承諾都不要輕易相信，只要不信，這些花言巧語就無法傷害到你。

10. 每天都是加班日，升職加薪沒你事

破解方法 像無頭蒼蠅般加班，對於升職加薪的幫助不大，找到一個帶領你的師傅（前輩），了解他走過的路程，循著同一條路，才更有機會慢慢往上爬。

再多的職場小妙招，也只是讓職場稍微舒適一點罷了。與其照顧職場，不如照顧職涯，找到自己天生擅長的事，磨練到滴水穿石，才能下一盤好棋，而不是永遠當一顆任人左右的棋子。

職場裡有一種生物叫情緒化老鳥

每個人的職場，都必定有一隻情緒化的老鳥，大概是入職的時候會跟識別證一起發。我領到的那隻只是普通規格，就足夠讓信心不足的我每天神經緊繃。

給錯的資料、錯的檔案、錯的密碼都是初階小招，看你過不過得了，再來他會先笑笑地請你喝杯咖啡，然後立刻來個下馬威。說沒有影響，那是騙人的。年輕時不懂事，本來就已經很迷惘了，遇到這麼一道小浪，直接被打進海上漂流。

那家公司，是我好不容易才進去的夢想公司。「要因為討厭的老鳥就離職嗎？」我問過自己無數次。但如果其實是我的問題，那就算換一家公司，是不是又會發生一樣的事？

就在這樣反覆躊躇的日子中，我開始在大海裡尋找浮木。用力一抓，不是一根木頭，而是一個寶箱。那

情緒化老鳥

個為了上班而塵封的寶箱,終於再度被開啟。箱底,是那一份未經打磨的「興趣」──我最珍貴的寶藏。

切開「上班」與「下班」

回想剛開始進到那間夢想中的公司,我實在太開心了,所以拚了命地想做好。就是這樣的拚命,害了別人、毒了自己。我停止了所有下班的興趣,因為我想專心地成為一個時髦的上班族。上一階段的夢,就停留在上一階段吧!那時,我幻想我的人生,即將迎來大轉變,從這一刻開始步步高升。

然而人生最可怕的事,是在上班裡找歸屬感、在下班裡找認同感。結果上班沒歸屬,下班都在加班,最後發現全是一場空。與情緒化老鳥之間的縫隙越裂越大,我既不想消極地「安靜離職」、每天摸魚裝忙消遣時間;也不想發瘋地「大聲離職」、把心中的不愉快鬧上檯面。

第一步,我只停止了加班。下班之後,我愛幹嘛就幹嘛,再也不會為了取得認同感,努力自主加班,然後再自我感動地不報加班。有了充足的下班時間,我終於能開始做那些我一直很想嘗試的事情。再次拿起相機,我又開始拍起了影片,並且這次,我打開了屬於自己的頻道。

下班的世界,從此開始豐富了起來,佈置房間、煮煮早餐,我什麼都想拍下來。那時候的我並不知道,這小小的快樂會慢慢改變我的未來。

大餅的食譜

如果你曾經撐過朝九晚五、耗盡腦力體力，也沒有因為受不了而放棄，那麼已經真的很了不起。不論是因為同事很有趣、還是你喜歡看職場宮鬥大戲，或是這份工作得來不易、你想努力打拚；不管怎樣，沒有放棄就是你很厲害的證明。

但你越厲害，就越會有人想要利用你；你越想證明自己，就越會有人打你的主意。職場上第一招是刀光劍影、第二招是明裡來暗裡去，最後的大絕招就是一張又圓又香的大餅。為什麼畫大餅最可怕呢？因為比起其他的招數，這一招最容易讓人產生心理陰影。畫大餅就是利用你對自己的期許和努力，還有一顆單純而上進的心，把你高高捧起來，再重重摔下去。

畫大餅的慣用話術是：「我對你很期待！（期待你再多做一點）」「未來可能也許，好處都會給你。（吊你的胃口，讓你自我懷疑）」「下次應該可以。（其實根本不行）」

最可怕的地方是，當你聽信了這些話、一股腦地努力拚，就會開始陷入一個奇怪的漩渦裡。漩渦上籠罩了一塊跟大餅一樣大的的心理陰影，因為你曾經真的因此相信並肯定自己。

大餅的食譜

「未來可能也許」......2小匙

「我對你很期待」......1大匙

「下次應該可以」......3小匙

「我們一起來突破」......1小匙

當餅皮被戳破，發現裡面竟然只有空氣，你就會開始對自我產生懷疑：「之前所說的那些期待和肯定，難道只是手段而已？」

或許沒錯，那都只是手段而已，而且通常只是為了他個人的利益或業績，但請不要因此否定自己。就是因為你有著那些連你自己都不敢肯定的價值，才會被人盯上，準備餵你吃一塊餅。

會畫大餅的人，可都是精中之精，如果沒有利用價值，他才懶得畫什麼大餅，直接冰進冷凍庫比較快。所以，吃了這麼大一塊餅，你不能不知道，你的時間很寶貴、你的能力很罕見。

把興趣當工作會很痛苦嗎？

出了社會幾年、經歷幾番職場洗禮，我們終於有了辨別大餅的能力。但有一種人特別厲害，餅照吃、班照上，卻不會讓任何事干擾他的夢想，一旦下了班，他就有自己的世界要忙。工作是工作、興趣是興趣，井水不犯河水、認份卻不認命。或許擁有兩種身分，是一種遊走於社會中最完美的方式。但如果有一天，井水犯了河水，那會氾濫成災嗎？

或許比起對待「興趣」，我們對待「上班」寬容得多。只要在公司找到一個位子坐下來，就擁有了第二個家的歸屬感。工作上的事，我們忍得住被主管一修再修、受得了被老鳥一改再改；熱愛的興趣，卻容不得別人一點點指手畫腳。

工作，反正從一開始就不是摯愛，所以沒有所謂的成見和堅持，領了薪水，就謙卑一點。經過時間慢慢熬，乾柴硬肉也能去骨化髓，入得了菜單上得了桌。

肉可以慢慢熬，高級干貝卻往往冷凍在冰箱捨不得吃。煮火鍋好浪費、乾煎怕煎壞，結果就不小心冰了好幾個禮拜。等到偶然有一天打開冰箱，才又發現它，於是配著泡麵隨便煮了吃。曾經的山珍海味，也變得如此普通了啊！

　　人生不也常常是這樣？工作可以被丟上刀山、炸下油鍋，但珍藏的興趣，卻禁不起一點點批評和現實的觸碰。就因為是興趣，所以稍微出一點力，就有了小小的成績，雖然還說不上專業、也談不上很會，但在興趣上，我們就是比別人擁有多一點直覺，也總能收穫淺淺的讚美。

　　淺淺的讚美加深了天賦的成見，誰都不許對「興趣」指指點點。或許，這就是為什麼把興趣當工作會很痛苦吧？天選之人總看不慣浮華的技巧，也不屑於基礎的磨練，結果珍貴的天賦，變成了最惋惜的游手好閒；在不上不下之間，這輩子的心願只能下輩子實現。

　　「把興趣當工作」如果很痛苦，那就是因為這份興趣，還沒被打磨到足以當成工作的程度。至於要不要把興趣當工作？與其糾結這個問題、賭一把地殘酷二選一，不如先把興趣拋進現實中打磨，等到磨得足夠成熟，它自然而然，會變成工作。

該認份還是認命？

職場上，認份又認命的人，會成為主管的愛將；不認份又不認命的人，不但自己很痛苦，還常常搞到別人也受傷。而有一種人，我特別喜歡。他們認份卻不認命，渾身上下散發一種無為而治的美感。

他們的眼神裡有光，只是在上班時默默隱藏，因為這樣的光，不適合照耀在死氣沉沉的辦公桌上。他們可以上班，為了生活賺錢餬口；他們也能下班，為了夢想放手一搏。對他們來說，工作和興趣，不用二選一，也不用互相看不起。

認份而不認命，是因為理解世上有許多的不得已，所以願意把責任一肩扛起。他們不會把夢想當作逃避責任的藉口，也不會把工作當成放棄興趣的理由，而是在現實的生活中，依然保有一個下班的角落。

巨大的社會壓力，也壓不下那樣的閃閃發光。不是單純的白光，也不是生冷的藍光，而是溫柔又熾熱的黃光。承擔過生活、背負過重擔，那樣的光芒，溫暖卻不會過燙。

剪影片的資工系男生

　　我在下班時間經營的頻道，慢慢地有了 27 萬的訂閱者，對我來說真的很多，至少這是我不曾想像過的數字。回想我「拍影片」這個小興趣的第一次變化，得追溯到學生時期。在陰錯陽差裡，我遇到了第一個教我剪影片的師傅。那是在我第一次失戀後所發生的事，或許生命裡出現的打擊，就是為了要讓人升級。

　　那時我上網一查，原來分手要花比在一起七倍長的時間才能走出來。哇，那也太久了吧！既然走不出來，那就轉移注意力，只有熱愛的事可以讓我暫時忘記痛苦，就是那時候又小又不重要的我的興趣──拍影片、剪影片。

　　於是在這個人生的低潮時刻，大三的我，接下了那屆大四畢業影片的工作。跟我一起被找來的，是一個攝影社的資工系男生，我負責畫面，他負責技術。這一件需要專注的事情，像一塊浮木一樣的救了那時候的我。

思考中

工程師的三角飯糰手

我第一次看到專業的剪輯軟體，就在那個男生的電腦裡。他對音樂畫面沒什麼興趣，但是電腦剪輯非常厲害。所以每次都是我跟他說，想要這樣、那樣的效果，他就安靜地完成。

他也教我製作特效，每一次電腦運作時，我就看到他雙手扣在一起，呈現一個三角形的形狀，微微撐住下巴思考。細框眼鏡後面的兩顆眼珠快速轉動，我感覺他只在幾秒內，腦袋裡就已經做出幾百種的分析。

有一次剪影片時，他剛好在趕作業，打開了寫滿程式的畫面，劈哩啪啦一陣敲打，出現了紅色的 Error。他又擺出了招牌三角飯糰手，然後修改了一下、按下綠色的三角形按鈕，畫面顯示成功。「哇！太酷了！」我心

想。念土木的我一點都看不懂，但他那時候的樣子，確實變成了我想成為的模樣，我也想變得跟他一樣帥。

　　後來，畢業影片順利完成，在學長姊們的畢業典禮中播放。或許是混合著畢業的歡聲雷動，影片結束時，掌聲熱烈響起。我第一次看到那麼多人，聚在一起看我拍的影片，這樣的感覺，我一輩子都不會忘記。

　　影片播完了，大家走出禮堂去看畢業煙火。我看著散場的禮堂和暗掉的大螢幕，眼眶紅紅的。「終於結束了！」那位和我一起剪影片、平常看起來很高冷的資工系男生，臉上難得露出了非常開心的表情。

　　那時候我就想，喜歡的影片，我會一直拍下去。

永遠也無法成為資工女孩

那年,就這麼個畢業影片,佔據了我整個夏天,讓我的傷心難過不至於太過明顯。學長姊畢業了,暑假緊接著而來,我的日子又回到了普通的平凡。當時的我並不知道,這個夏天,將奠定我往後的人生。

從那之後,我沒有停止過拍影片。或許是那年畢業典禮的歡呼餘音繞樑,繞成了一個小小的夢想。那樣的掌聲,好想再聽一次啊!所以隔一年換我畢業時,我一邊考研究所、一邊偷偷地投履歷,想應徵電視台、影像公司的助理。然而,現實卻是,我什麼助理職位都應徵不上。畢竟,沒有經過打磨的興趣,就只是興趣而已。

在那個迷惘的年紀,我只記得資工男那閃閃發亮的螢幕讓我憧憬。「寫程式」看起來好酷好厲害,難道我不行嗎?就這麼一顆好勝心,讓我從研究所開始走上另一條路,或許那時只是想證明,我也可以。

研究所畢業後，我終於拿到了上面印著「工程師」的名片，那時真的很開心，以為這樣就能夠自我證明。後來一步一步進到大公司裡，終於，我也能抬頭挺胸地跟高中同學們聚會吃飯了！在愛比較的年紀，常常會拿自己跟朋友比來比去。我高中的同學們，每一個人都很厲害，不是醫生藥師，就是出國工作，就只有我這麼普通。她們的好，反映了我的不怎麼樣。雖然在很多年以後，我才知道，會這樣想的，只有連自己也不能肯定的自己而已。

　　「工程師」的職位，確實在往後漫長的職涯裡，給了我很大的信心。然而，這樣一個因為勝負心而開始的憧憬，能帶我走到多遠呢？原本血液裡流著的就不是這樣的血，硬要輸血卻是錯的血型，那是會產生溶血反應的──原本的紅血球會分解壞死。

上班中。

不喜歡魔術方塊

輸了錯的血，會產生急性溶血反應，做了不適合的工作，則會引發慢性自我折磨。因為不適合的工作也不是不能做，甚至有時候，你會做得還不錯，所以那小小的成就感，就會把你困進一座華麗的粉紅色迷宮，讓你忘了要為迷惘的感覺找出口。

或許工程師的工作，對我來說就是如此。我過了很久，才願意面對這件事。不過那也沒關係，體會過不適合，才能更明白適合的是什麼。

如果有人問我：「怎樣的人才可以當工程師？」我會說，你喜歡玩魔術方塊嗎？如果喜歡，那就可以。

我遇過所有厲害的工程師，都喜歡玩魔術方塊。而且不能背公式，一定要自己解出來，因為他們很熱愛解題的快感。就像刻板印象中，女生喜歡逛街、男生喜歡打遊戲，或許，也像我喜歡拍影片，那是一種出於本能的喜歡。我也曾經想要變得喜歡魔術方塊，因為我想要當一名真正的工程師。然而實際上，我就是沒有很喜歡。那顆擺在辦公桌上的魔術方塊，只是在

提醒著我──我轉不出來。

　　但是,永遠不要去否定當時的自己。因為那個自己,也很努力、很認真,就算是面對不適合的工作,也能沉下心好好完成,這樣就已經很了不起了。只不過職場裡,除了抗壓力,還要有一種兵來將擋、水來土掩的氣勢,才能讓問題不是問題,而是招兵買馬的武器。

　　然而,在那塊辦公桌前,我只是最小的兵,永遠聽候大將差遣。誰也不用了解,點頭哈腰的背後,有多少披星戴月;誰也不會知道,笑臉盈盈底下,心肝脾肺都已枯竭。

　　或許是那時候我已隱隱約約地明白,自己心裡有一個空缺,怎麼補都補不起來,所以就更容易把職場上遇到的任何事往心裡面塞。塞了很多挫折、塞了很多迷惘,最後,我塞進了一顆解不出來的、每一面都是彩色的魔術方塊。

最好的離職：練習說再見

不管離職過幾次，提離職的那一刻，還是很糾結。到底是要人情留一線、日後好相見；還是要來個撕破臉、從此恩斷義絕？

這個決定，請等到吃完離職聚餐之後再下。因為通常有很多憋了很久的祕密，會在這個聚餐上全部大爆發，甚至可能讓你傻眼：「蛤？原來這麼多人都討厭他？我以為只有我自己不爽才離職的欸！」真尷尬，離職單都已經跑完了，後悔也來不及。只能心想：「你們怎麼不早點說啊？」

當然不能早點說啊！江湖在走，祕密要藏好。討人厭的同事，一定不會只有你一個人討厭他，但所有的人都知道，要活得久、走得遠，不到離職，都要守口如瓶。所以我覺得，離職的歡送聚餐，其實是最珍貴的一堂課。就因為即將與這個利益場合脫鉤，才能換來卸下心防、沒有利害關係的真心話。

然而,這些真心話的內容,從來不是重點,最刻骨的感覺,是心照不宣的道別。職場上再親密、再要好,「不能說的事」還是要等到確定同事關係結束的這一刻,才終於能夠傾瀉。這也代表,彼此心中都了解,在很快的將來──可能不出三個月,我們都將消失於曾經的朝夕相處、日夜相對。

　　多吃幾次離職聚餐就會發現,大家也太厲害了吧!這些討厭的情緒,都能夠自己消化,只有菜鳥會被氣到要離職。所以離職可以,但別忘了去吃一頓離職聚餐,那是上了幾年班換來最好的一頓飯。

　　會想離職,肯定有太多的原因,但千萬不能只是因為某個人很討厭,「討厭」不過是茶餘飯後、八卦配茶的甜點。

離職是一種分開的練習

　　有些離別,需要付出很大的成本,例如分手、絕交、畢業。投入越多的情感,換來關係結束的教育越震撼。上班與離職,恰好能用較短的週期,感受一段關係的開始到崩解──曾經難分難捨,卻在離職生效日後從此兩清。

只要多經歷幾次，對於人生的來來去去就會習慣很多，甚至在每一次的開端，就能預見最後的分別。既然總有一天會成為過眼雲煙，當下也就不用太糾結。有了這樣的想法，反而可能會走更遠。

不只離職，感情也要「練習說再見」

那一年，我終於找到了那本雜誌。

和前男友還在一起時，有一次我們路過誠品，他說要找一本雜誌，我們停下來在店裡看了看，但是都沒有。那是一套三冊的雜誌，只剩下最後一冊買不到。後來，他把前兩冊借我看。原來那是個三部曲，第一部是《練習一個人》，第二部是《練習在一起》。

回到家，我直接上網搜尋第三部曲，原來第三部曲是《練習說再見》，庫存有貨。嗯⋯⋯練習說再見？好像有點不吉利。不過我還是加進購物車結帳，讓他集成了一整套的練習三部曲。

那時，我沒有拆開《練習說再見》的封膜，裡面的內容，我至今都沒有看過。可能是因為這樣，後來分

開的時候，才沒能好好地道別。

　　人生就是被這些大大小小的相遇與分開，切成了好幾個階段。與其期待永不分離，不如在下一次分離來臨前提早準備，受的傷也就少一點。舊的過去了，現階段任務已結束，得面對的，永遠是下一個階段。

　　雖然我沒有看過那本《練習說再見》，但我確確實實地親身練習了很多次「說再見」。我發現，要說再見的只有「過去」與「現在」，從來不會是「未來」。

　　所以到底該不該離職？考慮未來就好。只要有更好的未來，就可以義無反顧地離開。願你的每次離開，都是為了更重要的事而走，願你的每個再見，都能在心中沒有遺憾。

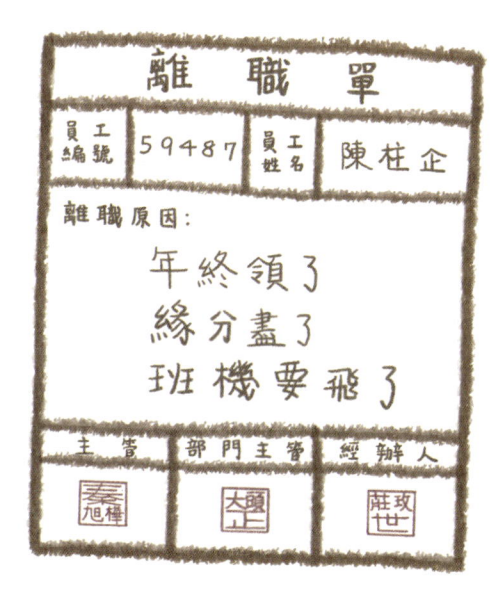

離 職 單		
員工編號 59487		員工姓名 陳柱企
離職原因： 年終領了 緣分盡了 班機要飛了		
主管 秦旭楊	部門主管 大頭正	經辦人 莊玟世

你相信嗎?

下班生活決定了人的一生,

下班時間是最自由的生活縫隙,

等著每一個夢去成功與失敗。

CHAPTER

02

下班生活
決定人的一生

好好吃飯,因為夢想不能當飯吃 但它可以當生命的糧食。

要一個人立刻放棄一切去追夢的那種話,我覺得是在害人。畢竟在所有人的心裡,社會觀感就是佔了很大的一部分。追夢前,得要先問自己:「是想逃避上班,還是真的有夢要追?」如果還沒有明確的答案,先符合社會期待,心裡會踏實很多。

剛出社會的時候,手上什麼都還沒有,所以辭職去做自己喜歡的事,事實上超危險的,「把興趣當工作就會變得很痛苦」這句話或許也出自於這種情況。把喜歡的事當工作,比把討厭的事當工作還要難,因為必須保證自己的抗壓性已經遠遠超過「上班當員工」——尤其是在一切還虛無縹緲的時候。不過,人一旦能通過無意義的磨練,就能創造有意義的生命。就像要離開一灘泥沼,也要先增加和泥潭的接處面積,才能慢慢靠岸,最後把身體撐起。沒有一件事,比上班更能夠證明,你已經有足夠強大的心智,可以處理人生中那一團團混亂黏稠的泥濘。

土壤力學——直接剪力試驗

　　如果一個人，可以穩定地去上班幾年，那麼就通過了社會第一階段的「壓力測試」。這樣的「壓力測試」，總讓我想起那門我差點被當掉的課——「土壤力學實驗」裡面的一章「直接剪力試驗」。

　　在實驗之前，我們要去挖一大袋鬆鬆的、充滿雜質的土，搬回實驗室烘乾，然後撈出其中一小塊，像咖啡取粉般放入模具裡，再用像是壓粉器一樣的工具壓實。

　　接下來，試體被安裝進機器，經過一番施力，直到它被破壞或劇烈變形才能停止。不管是哪一種終結方式，都像極了每一個被選進職場裡的上班人士，不斷地承受加壓，直到摧毀自我意識才離職。

　　那麼一大袋土，卻只有一小塊能被選中，那些沒被撈上的，可能就沒用了，或僅能等待下一組實驗的來臨。上著班的每個人，也都是萬中選一。經歷錄取的快樂、入職的忐忑、主管的找碴、同事的拉扯，在複雜的多重壓力下，挺過左右夾擊、走過塵土飛揚。誰都無法預料，最後會是壯士斷腕還是戰死沙場，或者，一將功成萬骨枯呢？

去上班,去感受一個辦公室裡,有喜歡的人、也有不喜歡的人,並且接受喜歡的人也有缺點、不喜歡的人也有厲害的地方。能通過壓力測試的上班族,那樣的實力,肯定比夯實的土壤還要實。

上班,就是在磨一個人的心志、練一個人的進退。那種極度漫長、毫無邊際的慢性痛苦,誰可以咀嚼長達好幾年,誰就能夠承受生命的不可控制,也能接受那些可能發生的、無能為力的事。

夢想不能當飯吃,但它可以當生命的糧食

下班生活決定人的一生,因為出社會以後,唯有在下班後追的夢,踩起來才更踏實。突然就把工作辭了,那麼要承擔的風險就非常大,甚至可能都還不確定──辭職是為了要追夢,還是只是想放假?

經歷過當上班族的小風小雨，未來就能更精準地預測大風大浪，所以下班時間築的巢，也能更穩固地保護一顆小小的夢想。

首先，擁有一定的經濟實力，可以直接減少焦慮和慌張，而不會在一開始就把夢想跟賺錢混在一起，致使從根源就亂了步調。同時，「下班時光」支撐了「上班時間」，有了下班的生活重心，上班的鳥事再煩也不過如此而已。畢竟，打卡之後還有更重要的事情，那些小小的不公平、不如意，似乎都變得雲淡風輕。至此，我們終於參透「認真就輸了」的真諦。

允許自己小小步地前進

說了這麼多「下班追夢」，但上班就已經很累了，哪還有時間和力氣？這麼想的話，那是你一開始就太嚴格了。追夢的腳步，是一步一步踏出去的，允許自己小小步地前進、也允許夢想走得循序漸進。從一開始輕盈、到後來的踏實，中間會有躊躇、也會止步，但有了方向，就不是停滯不前。等到有一天，真的必須開始思考該如何平衡「上班和下班」，這時候的腳步，已經準備健步如飛。

當腳步來到這三個關卡面前，那就代表即將起飛

1. 蠟燭兩頭燒

如果開始感覺到「蠟燭兩頭燒」，那就是邁向成功的第一步。身體雖然很累，心卻會越來越肯定。忙碌代表著被需要，所以如果你發現身邊找你的人越來越多，但都不是那些逛街吃飯的好朋友，那不要懷疑，就是這條路沒錯。

2. 不再滿腔熱血，開始微倦怠

滿腔熱血是一種極度不穩定的精神狀態，初嘗甜頭而激起的期待總是太過夢幻。當我們對一件事有著太純粹的喜歡，那肯定是還沒有腳踏實地去執行過，容易隨時崩盤。如果你出現了「微倦怠感」，表示事情已經穩定到熟爛，熱血中有著麻煩，熱愛裡混合著一點點不喜歡。

3. 期待成功，也預期失敗

厲害的不是一次成功的人，而是經歷了一次又一次失敗與成功的人。等到有一天，當你為成功開心但不興奮、當你為失敗沮喪但不悲傷，那麼已經沒有什麼事能把你打敗。

最後，總會來到這一關——要辭職嗎？這個問題很難。畢竟，原本的職涯，可能是從大學開始打拚到現在的成果，就算不熱愛，也早已習慣。

這不是放手一搏的選擇題，而是存在多種答案的申論題。不管最後寫了什麼答案，都只為了交考卷後能心甘情願。人生的考場，監考官太多，但寫考卷的只有自己，真正的答案，只來自內心深處的那個聲音。

經歷過上班的磨練，你已練就金剛不壞之身，能夠接受外界評斷，也能夠讓夢想在現實中打滾。至此，新的職業週期已經完成——「興趣變愛好、愛好變專業、專業變工作」。從此以後，職涯開始有了更多的選擇，當人生有了更多選擇，不管是選哪一個，你都已經擁有至高無上的權利，可以自己決定人生的路徑。

壞的開始,是成功的全部

然而放棄本業,就代表著一場離職。我最拉扯的一場離職,是要離開一間我曾經夢想中的公司。離職聚餐時,我收到了一張大卡片,卡片角落的這句話:「我不祝你一帆風順,我祝你乘風破浪」寫進了我往後每個做決定的時光。

一帆風順不容易,乘風破浪也很難,好不容易跨出了第一步好好下班,殊不知下班比上班還容易失敗。總是看著別人精采,為什麼自己就那麼平凡?於是不小心,開始羨慕那些精采。

我太不喜歡羨慕的感覺了,要破除這樣的感覺,只有一個方法,就是自己也去做做看。有兩種結果,一種是你發現其實你也可以,成功破關晉級。另一種,是你發現這件事真的很難,於是在掙扎中接受並放棄。一連串的過程,能感受自己如何在頭洗到一半時做決定,還能發現,原來自己也有終結遺憾的能力。

失敗的四個階段

「羨慕、嘗試、接受、放棄」是失敗的四個階段,曾經試過,就沒有遺憾。從今以後,這段嚮往的緣份也就結束了。舊緣滅、新緣起,我們還得為命中註定的事,留下一個空位。

以後想起這段失敗的緣份,更多的是對自己生命的理解,而不是對未知的遺憾。或許會有點傷心,但是會讓人懂事的傷心,就是好的傷心;會讓人成長的失敗,就是好的失敗。

我不會說「如果當時怎樣怎樣,現在搞不好就怎樣怎樣」這種話,因為沒發生過的事,就是連後悔的資格都沒有。現在也不敢過的十字路口,憑什麼推那時的自己去撞得頭破血流?

下班的第一次大失敗

開始上班後,我總羨慕那些下班生活看起來很精采的人。要怎麼樣才可以變得跟他們一樣呢?因為這樣想,我加入了下班的自組樂團。

我想像自己會變得很酷，花了很多時間去找老師上課，模模糊糊地搞了幾年，然而彈得並不怎麼樣。我的下班時間全泡在裡面，卻沒有拚出能上台的一天。最後，在一份新的工作錄取時，我放棄了這個小小的夢想。退出的那天，還跟團員吵了一架，成為了整件事最熱血的部分。在樂團這件事上，我不僅沒天賦，也不夠努力，於是終於接受事實──這樣的精采沒有我的份、這攤熱血不在我的生命裡沸騰。

或許夕陽是藍天的傷口，所以黃昏美過下午的天空

好的開始，是成功的一半；壞的開始，是成功的全部。在好的開始之前，事情其實已經開始很久了，只是真正的開始，總是壞到讓你不認為那是開始。

沒有了樂團的下班時間，我又開始了我的不務正業——繼續拍影片。而這份不務正業，起源於很久很久以前。回想起學生時期，第一次接案剪片，手裡拿到兩千塊酬勞的那一刻，我既興奮又開心。那是我第一次體會到，靠著自己的興趣，竟然真的可以賺錢。領了兩千塊、走到捷運站，結果才發現包包底部拉鍊開著，錢早已不見。那時的我，在西門町街頭邊找邊哭，覺得自己好衰，第一次的勇敢，就這樣功虧一簣。

上班後，我停止了這份不務正業。那時我想，這個小小的興趣，或許應該要就此結束，因為我得要去當一個成熟的大人了。然而，喜歡的事，永遠會在靈魂深處，等待有一天為你包紮傷口。

身心俱疲時，本能會引領我們走向出口，在我放下執念、停止加班那一天，血液開始回流、腦袋重新轉動。原來所有的水到渠成，岸邊都是千百支的有心插柳。

最棒的下班

最棒的下班，是什麼樣子呢？在刻板印象裡，那就是洗完澡、躺在床上、沒有尿意。如果手機電力還滿格，那堪稱天時地利人和，最好累積了幾集還沒看的劇和 YouTube 影片放在旁邊播。自從上班以後，我大概了解了「老人家看電視看到睡著」的進程演變。這就是我曾經以為最棒的下班──暫時忘記上班的紛紛擾擾，上班有多累，下班就有多愉悅。

成為不加班的超人

加班加對了是冒出頭、加錯了是冤大頭。職場上有四種人：加班加得很成功的人、不加班也很成功的人、加了班也沒結果的人、不加班也不成功的人。那些加班加得很成功的人，他們本來就很成功，加班只是更快速地往上爬。如果是留下來收爛攤子、當濫好人、自我證明、沒事找事，那還不如快點關機去打卡。好的加班錦上添花，壞的加班雪上加霜。

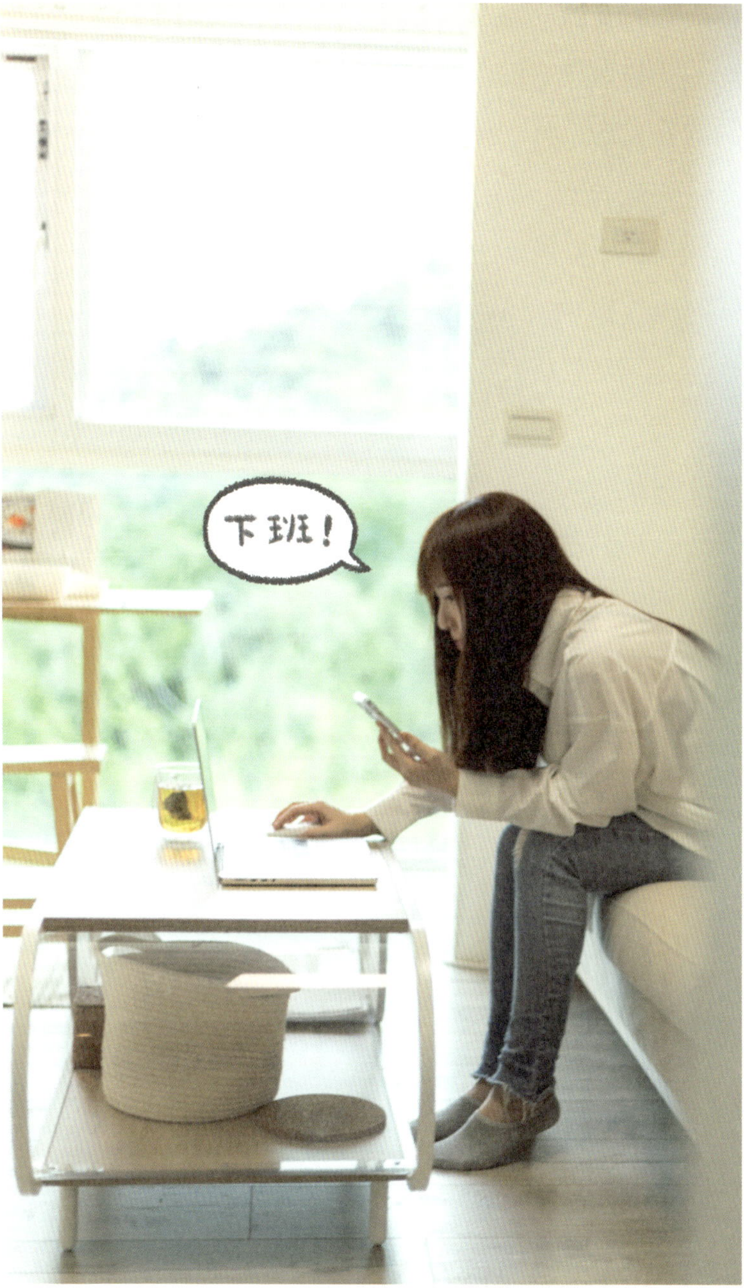
下班！

回想以前對「上班族」這個身分的期待，絕對不是上班尿尿下班睡覺，我又不是來坐遊覽車的。我也曾經幻想，自己在職場上一展長才、光芒萬丈；當一個時髦的上班族，每天拿著筆電、十萬火急地跑來跑去，解決一秒鐘幾百萬上下的大問題。

可是我沒有，我連一隻菜鳥都當不好，光跟老鳥鬥智鬥勇，就已筋疲力盡。

與其在渾水裡摸魚，我寧願不再淌這池渾水。對生活的失望，加深了對人生迷惘，我決定開始不再加班。那也是我第一次意識到，原來下班時間其實這麼多，而且，有那麼多可能性。

一週五天的九點到六點已被綁住，於是，對於生命的掌控，只能寄託在六點之後。如果公司大樓是地上十八層的牢籠，那椅背上的那件外套，就是超人的披風。準時下班，披上外套，我的世界我自己拯救。

超人的半瓶眼淚

　　什麼事，是放鬆休息的時候還在想的呢？那件被學業、課業、事業耽擱了好久的事，就是超人的工作，等待著開始和重拾。

　　「開始」和「重拾」是世界上最難的兩件事，除了需要時間、精力、金錢，還要抵抗最可怕的大魔王——半瓶水的魔咒。興趣的開始，常常來自崇拜；而興趣的結束，則來自「我不可能像他一樣」這種沮喪的心情。當事情學了一半，不是空瓶子卻也還沒裝滿，這時候，半瓶水的興趣，最容易讓人產生挫折感。

　　開始一件事很難，重拾一件事更難，跌倒了就讓眼淚流下來。半瓶水寧願響叮噹，如果連響都不敢響，那很容易就會放棄了。小小聲地倒水，離裝滿不會太遠，然而裝滿後才發現，瓶子裡的不是水，是滿到瓶口的眼淚。

　　如果你已經很勇敢地上班，那就要更勇敢地下班。離開公司前，記得去裝一瓶水，辦公室的飲水機，裡面裝的是上班族的眼淚，這次超人變身的地方不是電話亭，是下班後的茶水間。

超人的工作，都藏在 emoji 小圖裡

運動　慢跑・重訓・健身・衝浪・溜冰・跳舞
單車・瑜伽・滑雪・游泳・球類運動

戶外休閒　爬山・滑板・露營・釣魚・浮潛

環遊世界 • 看電影 • 料理 • 園藝 • 觀星
時尚 • 居家佈置 • 程式語言 • 與動物相處

生活

玩樂團 • 唱歌 • 小提琴 • 吉他 • 薩克斯風

音樂

攝影 • 影音 • 繪畫 • 寫作

藝術創作

人生的定積分與不定積分

讀中山女高的時候,我的成績是班上倒數幾名。每天下課都要擠上 205 號公車,趕去台北車站補習坐在超擠的補習班裡,從七點一直補到十一點,就這樣度過了高中三年,但我不夠認真,成績還是沒有變好。

有時候在補習之前,我會跑去補習班旁邊的光南、大創和唱片行,買一些可愛小東西和老唱片,這讓我覺得很舒壓。有一天,我買了一根伸縮桿和透明收納袋,回家把它掛起來,放上喜歡的 CD、布簾。瞬間,一個無酒精的小酒館,就這麼誕生在當時那個小小高中生的房間裡。

用伸縮桿和透明收納袋把唱片掛起來,營造出小酒館的氛圍。

高中時，我有個好朋友，她爸爸每天都會騎著機車來接她回家。有一次期中考，中午就考完了，全校提早放學。於是她打電話給她爸：「今天提早放學，現在可以來接我嗎？」「是喔？你們老師提早放棄你們囉？」她爸講得超大聲。「才沒有啦！」她翻了個白眼，把電話掛掉。

高中的操場。

哇，那一刻我覺得她爸是全世界最酷的人。原來提早放學的原因還可以是被提早放棄；然而就算被老師提早放棄，怎麼聽起來好像也沒什麼關係啊？

在高中教室的窗台上，把巧克力排成可愛的樣子。

高中時期甦醒的懵懂靈魂

從念高中的時候開始,我喜歡上佈置家裡,還會拍下成果。佈置自己的空間,就像這個房子裡有一個專屬於我的小閣樓;閣樓裡有斜屋頂和一扇天窗,打開天窗,就是一個有精靈會飛過來的世界。在那個很多事都還不敢做的年紀,或許那就是最原始的渴望獨立。

從書桌的小佈置開始上了癮,我去補習班前又到大創買了紅磚圖案的壁貼。先用五斗櫃把房間隔成兩半,再把櫃子背面貼好貼滿。放上不知道去哪弄來的梵谷星夜枕套,我在紅磚牆旁邊築起了自己的營地。下面是超難睡的小沙發床,我就是要睡在自己的法國河畔。

用廢棄木條製作的路燈。

　　以前家裡樓下的咖啡店整修時，我跟店長要了幾根被丟棄的木條，拿回家開始鋸。我先做了一個木頭鍋架，然後又為家裡的走道做了一盞路燈。路燈和黑色壁鐘，交疊出十九世紀末英國火車站的月台——比較潦草的那種。對了，那個壁鐘也是我搬回來的。那時候的零用錢，都花在這些東西上面。

　　所有原始的熱愛，都好發於高中這個年紀——就是十六至十八歲的時候。人的這一生，該何去何從、該歸根於什麼，在小小的青春裡，肯定就已經說過。從此以後，一路的波折，都只是為了讓你和它再次相逢。

有些人，從來沒有放棄過那份熱愛，然而如果你不小心提早把它放棄了，那也沒關係。你會發現，它從來沒有不見，而是一直都在那裡。有一天你會知道，不用仰望晚上的月亮，不用等待白天的太陽，伴你入眠的那盞燈，一直在發光。

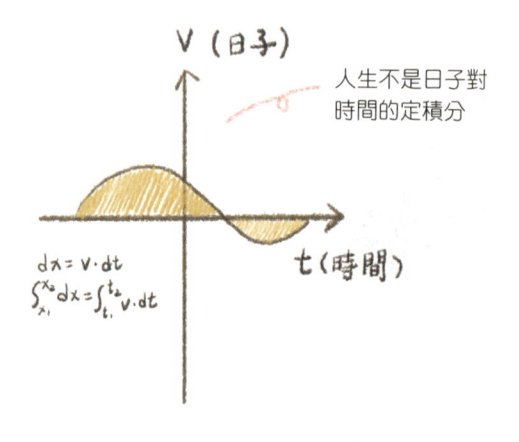

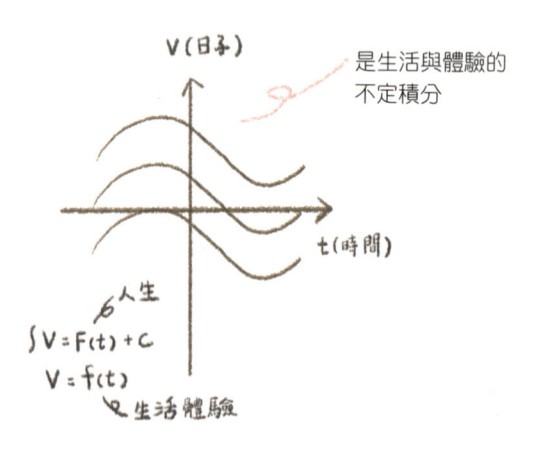

V（日子）

人生不是日子對時間的定積分

t（時間）

$dx = v \cdot dt$
$\int_{x_1}^{x_2} dx = \int_{t_1}^{t_2} v \cdot dt$

V（日子）

是生活與體驗的不定積分

t（時間）

人生
$\int V = F(t) + C$
$V = f(t)$
生活體驗

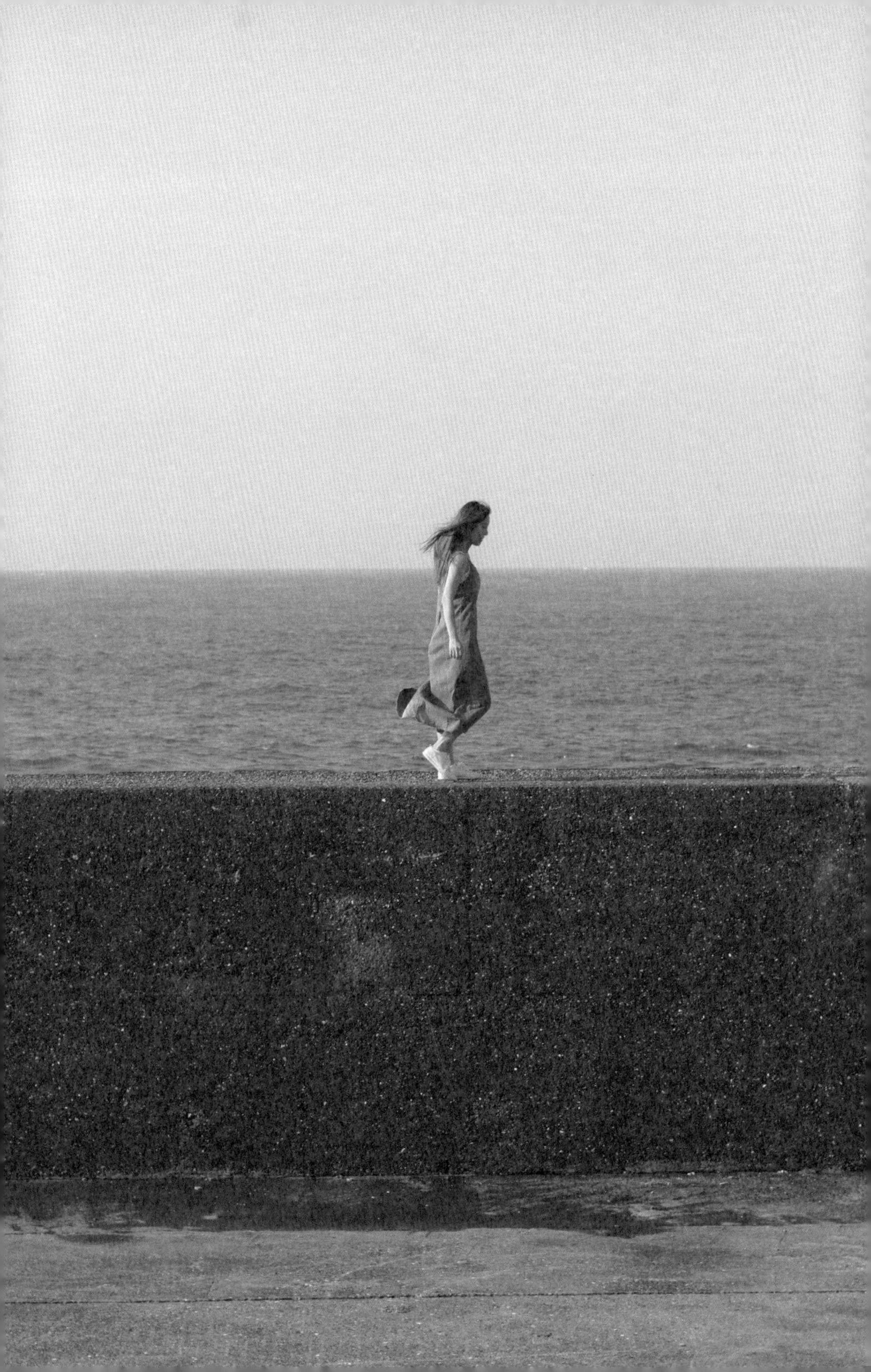

第一次有自己的房間

我第一次自己一個人住是在大學時。經歷學校宿舍、雅房合租,到後來住進一間只屬於自己的個人套房,每一次,都鋪陳出一段全新的生活。

終於擁有一個人的房間時,我超級興奮的。當時只因為看到這間套房的浴室超大又超乾淨,還有乾濕分離,我就立刻簽約了。因為我無法接受超級小的廁所,洗完澡還會整間濕掉⋯⋯那我可能會因為肚子有點不舒服,而一整天都不敢洗澡。

我最不解的就是,為什麼很多房子,不管空間再大,都會把廁所、衛浴做得超級小,好像那只是一個附加的小空間?對我來說,衛浴可是一個家裡面最重要的地方欸,整間房子最複雜的管線,可能就在這裡了,所有裝修報價裡最不能刪的,也往往都在這裡出現。

小房間裡的小浪漫

我在套房的牆壁上,貼了在網路上買到的五線譜壁貼,立刻就有了音樂教室的氛圍～😊還找了同學一起來彈吉他唱歌。當時不明所以的舉動,如今都變成一個個可愛的小回憶。我甚至買了那種會投射出星空的投影燈,當關上日光燈、星空灑上牆壁,小小的房間裡,瞬間爆發出整個宇宙。雖然有個白目的男同學說,一點一點的黃光,看起來跟飛蚊症沒兩樣。

就是在這個房間裡,我開始了好多事情。擁有了一個人的空間,我第一次能夠把生活掌控得那麼完全。我想要這裡是音樂教室,牆上就有五線譜;我想要這裡是天文館,天上就有北極星;我換上一套繡著星空的床包,那一刻起,這個五坪的立方體就裝進了整個銀河系。

大學時的考古照片

壁貼

五角窗 *我的床*

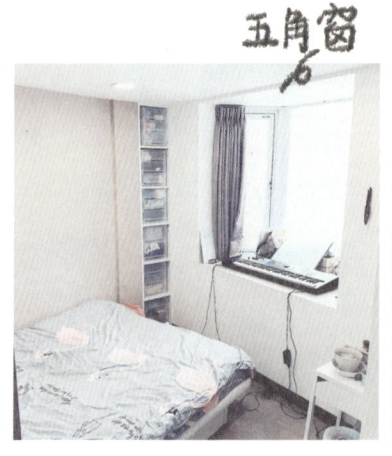

迪士尼公主的五角窗

出社會第一份工作的那時候，我住進一間約五坪的小套房，空間很小，衛浴卻超大，還有我不能妥協的乾濕分離。房間內有一扇五角形的對外窗，以及一張加大雙人床，直接面朝這扇窗。每天早上醒來，我都以為自己是迪士尼公主。

看來，一個人住會上癮，從開始之後，我的一人住生活，就再也沒有斷過。現在想起那段剛起步的日子，還是如夢似幻，第一次領了自己的薪水、在外面獨立；從此，世間清淨，再沒有一點擁擠。一個人的房間，是世界上最神秘的地方，小小的立方體堆積了所有的寶藏，好的壞的，全部都能洋洋灑灑。

\當時的房間/

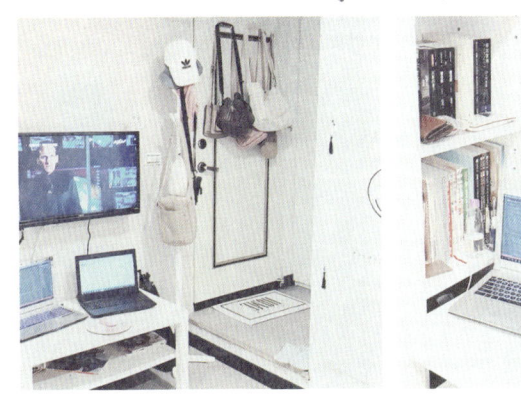

我買了無印良品的塑膠收納箱,塞進牆上內嵌的書櫃裡,大小剛剛好。一個九百二十塊,我一下子買了六個;眼睛一閉、卡刷下去、整整齊齊。那六個收納箱,用到現在還沒丟。

床單、茶几、腳踏墊,選購居家用品,幸福指數超級高。跟買衣服不一樣,這種幸福,既蓬勃又安定、既欣欣又向榮。如果要給我的人生轉捩點結帳,那麼帳單上一定有一行,是擁有自己一個人住的地方。

門後掛包包

一個人住的意想不到實驗室

台灣的夏天又悶又熱、蚊蟲四起。剛出來自己住的某天晚上,我回到家,沒想到門外飛來一隻蒼蠅,嗡嗡聲很大的那種,還飛得超級快!我嚇死了,趕快打開門想要把牠趕出去,沒想到不但牠沒出去,還立刻又飛進來兩隻。我緊張地把門關上、抱頭蹲地,尋找著可以揮舞的公司講義。天吶,我一個人要怎麼對付三隻蒼蠅,還是現在要房子給他們住、我出去?

突然我靈機一動,國中生物課有教。我把房內燈關掉、門打開,然後跑出去把外面走廊的燈打開。就這樣過了三分鐘,我看到牠們陸陸續續飛了出來,等到最後一隻一離開,我立刻衝進房內關上門,還好不用殺生。這件小事,我記到了現在。坐在床上的那一刻,我不只鬆一口氣,還恍然大悟:「原來課本上說的是真的。」

或許一個人住,就是太需要動腦了。國中生物、高中理化、大學微積分,那些課堂上來不及做的實驗,都會要你一一證明,實驗室就在你一個人的房間裡。

一個人住得很爽的小技巧

有人說,一個人住會很孤單。但他沒說的是,一堆人一起住,可能不只很孤單,還會很不滿。

一個人住,不用踏進別人弄得濕答答的浴室、不用收別人吃完的垃圾;也沒有人會唸你碗怎麼不立刻洗、管你幾點要關燈,尤其是沒人會跟我搶廁所,常常幸福感一下就湧上心頭。不是心理上爽而已,是實際上真的很爽。如果還是覺得一個人住很孤單,那可能是忘了上班的時候,有多希望別人不要過來煩。

以下提供幾種一個人住得很爽的小技巧,讓你回家後還以為在上班,從此再也不會覺得孤單,只會在回過神來的時候,慶幸好險現在是下班。

1. 在廁所貼冷笑話

還以為在公司的廁所呢！好險是在家。可以使用透明壓克力板固定在牆上，方便隨時替換冷笑話。

廁所貼冷笑話

2. 訂製一塊刻著 Wi-Fi 帳號密碼的木板

準備一塊寫著 Wi-Fi 帳號密碼的木板，客人來的時候，再也不用尷尬地問你 Wi-Fi 密碼。

Wi-Fi 帳號密碼

3. 冰箱裡隨時備有一整排的養樂多

會有一種置身飯店早餐自助吧的錯覺。

常備養樂多

4. 在書桌區使用雙螢幕

突然覺得自己在經營什麼大事業。

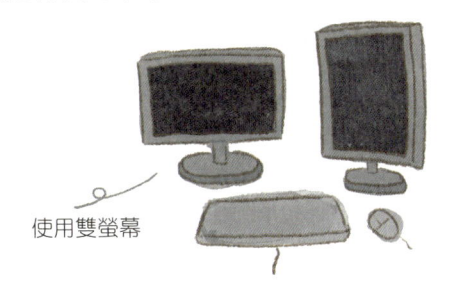

使用雙螢幕

5. 把一個櫥櫃空出來，放進滿滿的零食

放得比公司的零食櫃還滿，補的是一種安全感。

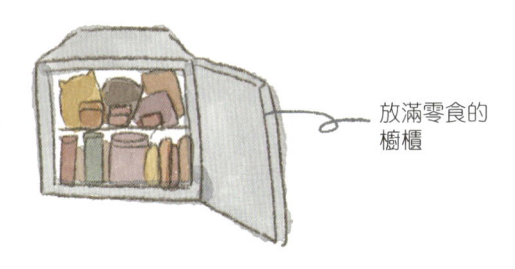

放滿零食的櫥櫃

6. 蒐集附近所有的便當店名片，做成一本訂餐手冊

結果還在鄰居間傳閱，
週末一起登記訂便當。

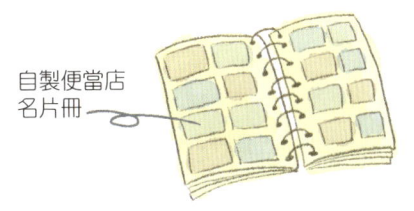

自製便當店名片冊

7. 裝超高速的網路

就是要比公司的網路還快！

超高速網路

8. 好寶寶集點卡

自製好寶寶集點卡，每打掃一次就蓋一個章，集滿一百個就可以買東西，家裡會變得超乾淨。

好寶寶集點卡

9. 營造音樂氛圍

擁有一個播放實體 CD 的播放器，每天換一片 CD 來播。讓塵封多年的 CD 重見天日，把家裡變成有氣氛的咖啡廳的樣子。

營造音樂氛圍

10. 給自己的打卡鐘

放一個打卡鐘在玄關，出門、回家記得打卡，立志不遲到早退不請假，我是說回家。

回家打卡鐘

國際舒服等級表

網路上曾流傳一張「國際孤獨等級表」，將「孤獨」分等列級、等級越高越孤獨。可以學不會孤獨，但不可以不學會舒服。如果一個人做一群人的事，是國際級的孤獨；那一群人做一個人的事，就是越洋級的煩躁。「國際孤獨等級表」告訴我們，一個人自己去做以下這些事很孤獨，好吧，有些事情真的不適合一個人做，不敢不是我們的錯。

國際孤獨等級表	國際舒服等級表
1級：1個人去逛超市	1個人逛7-11預算$500
2級：1個人去吃速食	1個人買分享餐回家吃
3級：1個人去咖啡廳	1個人一定要去咖啡廳
4級：1個人去看電影	1個人躺沙發看Netflix
5級：1個人去吃火鍋	1個人在家煮火鍋
6級：1個人唱KTV	1個人洗澡時唱歌
7級：1個人去看海	1個人去爬象山
8級：1個人去遊樂園	1個人整理房間
9級：1個人搬家	1個人去MUJI買居家用品
10級：1個人去做手術	1個人去健身房

「孤獨」的定義，應該不是「一個人」，而是「不舒服」。有人說：「不要怕別人怎麼看你，因為根本沒人在看你。」但其實根本就很多人在看，甚至路人也會瞥一眼。我自己都常常在看別人，別人怎麼可能不看我？

所以「國際孤獨等級表」上的事，我可是不太想嘗試。比起一個人去看電影，在家看 Netflix 舒服多了。一個人能做的事就多到數不清，為什麼一定要去嘗試感受孤獨呢？喜歡一個人看 Netflix，也不代表就不能喜歡兩個人一起去看電影。只要自在，都不孤單。

一個人整理房間、一個人爬山、一個人洗澡唱歌、一個人在家煮火鍋，每個「一個人」的時候，都是跟自己對話的好時機。我們有很多很多的話要說，而且

別人聽不懂，例如對過去的懷念、對未來的想像，還有心底的焦慮、囂張的大話，這些可都是機密檔案，一點都不能給別人看。

如果人群是熱鬧的快板，一個人就是平靜的慢板。兩個人有點乾、三個人有點吵，那麼這一刻，一個人就是最舒服的選擇。

獨處是 60% 的苦與 40% 的甜

你以為的獨處……

實際上的獨處……

我最崇拜的廚師象廚說：「煮成功的焦糖，是苦中帶甜的。如果煮出來太甜，那就代表是失敗的焦糖喔！」

太甜，是因為太害怕失敗，所以太早就關火。

煮焦糖是一個非常緊張的時刻，失敗了也不能怪任何人。眼睛要盯著融化的砂糖，等它從一灘清白的水冒出泡泡，再變成棕色。等待的時間會久得讓人以為步驟錯了，但當它突然開始變色，那速度又會快得讓人心驚膽跳，好像再多一秒就要毀掉。

我說，煮焦糖太難了。前面，要耐得住寂靜；後面，要煞得住歡騰。

任何一種成功都是這樣的，一定得經歷過一段長長的獨處，像洶湧的糖水泡泡，在焦化前，不允許任何攪擾。有人為了速成，而忍不住攪拌，那麼好不容易融化的糖，就會反砂成一開始的固體。能夠淡過稀薄，才能濃成琥珀。

孤獨，往往是過度認真的衍生物，但當你太過專注，那根本就沒空感受孤獨。「噢！我要思考，最好不要有人來吵我。」有時候只是這麼想，就被歸類為喜歡孤獨的人了。有人真的很喜歡孤獨嗎？我想是有的，但更多的，或許只是不想被打斷專注罷了。

　　喜歡相處是人的天性，然而人還會喜歡比相處更重要的東西，例如夢想、例如自由、例如成就感。等擁有了重要的東西，再來相處也不遲，獨處後的相處，更張弛有度、收放自如，不獨行於人群中、不隱沒在大海裡。畢竟人在成為自己之前，不知道一個人就可以擁有全世界。

　　就像砂糖還沒熬成焦糖時，也以為只有跟奶油、乳酪、蛋清、麵團混在一起，才能成為美味的甜點。其實他能自己感受鍋子的熱、水的離開、分子的聚合，最終成為閃亮的琥珀色。

　　閃閃發亮的焦糖，可以沾上水果、淋上布丁、沖入奶茶、裹上麵包，它的焦苦微甜，能與任何一樣甜點融洽搭配，這樣的美味，是只有焦糖才有的特別。

比相處更重要的事

以前的同學，不了解你的現在；現在的朋友，不知道你的過去。在一個人的時間空間裡，有對現在的思考、對回憶的清醒、對未來的幻想；不用照顧旁邊人的情緒，自己的燈，可以調到最暗、也可以開到最亮。

能獨處的人，不一定喜歡自己一個人，只是喜歡對未來的描繪越來越深。而一個人的料理，則是獨處的人一定會慢慢學會的事情。「蒜頭煸到有香氣、魚皮煎到金黃色」都是我剛開始在食譜裡最看不懂的描述。怎樣叫做有香氣？魚皮都要焦掉了、哪來的金黃色？真的是很頭痛。

料理就是有這樣的魔力，每一個步驟，都有它的道理。三分鐘煮泡麵也是煮、兩小時燉湯也是煮，沒有好與壞。不管難或簡單，都是我們的每一餐。

如果一個從不煮飯的人，願意試試看下廚，那他必定會從這個過程中找到一些找了很久的東西。或許是白天問題的答案，或許是夜晚反側的釋懷。我也曾經並不煮飯。然而開始之後，我才發現，原來很多事情，我可以自己掌控。不論結果是成功或失敗，都是我自己的決定造成的。

開始自己煮之後，我學會了挑肉選菜、我體驗了買蔥送蒜。逛過菜市場，才能算地頭蛇，生命裡多了一種超級市場之外的選擇。

我們這輩子赴湯蹈火，卻沒人逃得過滄海桑田。那麼，就認真體會當下的每一餐、每個時節，讓這生人間煙火熬出一輩子千山萬水。

來時路很長、眼前路無盡。一個人的料理，不在目的地，而是在這漫漫長路上，溫飽每一個夜裡的獨自打拚。

一個人的台北散步地圖

　　台北，藏著一張屬於一個人的散步地圖。只要想到可以一個人去這些地方，我的內心就已經開始感到興奮。我幾乎可以想像我的心情會有多麼愉悅、大腦會有多麼放鬆。

　　台北的小角落，能讓人身心開闊、思想啟航。在街道的古往今來中穿梭、在小巷的前世今生裡遊走，一個人的城市街景，裡面也有曾經的自己。當人生的波瀾壯闊匯流到平靜街頭、當生活的翻山越嶺也走到了細水長流，努力攀爬的日子，終於找到可以停下的岸邊，鞋底的泥巴沒有不見，我也不想用溪水來清洗，只是想找一塊大石頭坐下休息。不用再腳踩泥巴，也不用再被樹枝刮傷，就讓雙腿放鬆，彷彿還沒有開始爬山的時候那樣。漫步巷弄、難得浪漫，遇見一間喜歡的店，就走進去坐下來。看著人群，我也曾身處在熙來攘往中。熱鬧總來自於人多，平靜則來自於那些好奇的地方都已去過，並且在最終，找到了屬於自己的舒適角落。

忠孝新生站：華山生活圈
——城市古蹟的文化底蘊傳承之街

忠孝新生站周邊是一個寶窟，挾帶著歷史古蹟的得天獨厚，連台北市的寸土寸金，也不敵它低調內斂的沉穩大器。這裡的空間有著古老的氣魄，像一位財富自由的慈祥老爺爺，不計來客數、不計翻桌率，只管傳遞文化底蘊。

從忠孝新生站到華山，新生高架橋把忠孝東路切成了兩半。咖啡店並排了一整條街，有世界冠軍「興波咖啡」、文青小店「富錦樹」，還有正宗海南雞飯「文慶雞」。轉個彎往金山南路走，臺灣文學基地座落於此，直接可以在市中心來一場古蹟巡禮。新生高架橋的另一邊也很精采，「文房」是日治時期宿舍改建而成的圖書館，隱匿在靜巷大樓裡。踩在溫潤的木地板上、看著窗外的禪意綠景，一邊看書、一邊喝咖啡吃甜點，很有文人雅士的興致。再走幾步，「特有種商行咖啡館」裡面有銷魂叉燒飯和台灣電影史料。如果肚子還餓，旁邊就是「芝生食堂」與「雹仔豆花」，要吃鹹、要吃甜，這裡都有。忠孝新生站一帶，是靜謐的世外桃源，帶著輕鬆的心情或一顆想靜靜思考的腦袋，來這裡晃晃，絕對會有驚喜的靈感。

ZHONGXIAO XINSHENG 忠孝新生站

富錦樹咖啡 華山店
羊毛と花・華山
小日子商號華山概念店
光點華山
三創
驚安！
Don Don Donki
小器生活
小日子
富錦樹
niko bakery
興波咖啡
文慶雞
華山1914
北棲邸家
黑白切
忠孝新生站
MATCHA ONE
青東老街
黑白切
雹仔豆花
芝生食堂
Molly Lifestyle 文具店
文房
巧之味水餃
臺灣文學基地
特有種商行 咖啡
雹仔豆花 鹽滷豆花 新生
茉莉生活風格 Molly Lifestyle
特有種商行電影咖啡館 Realguts cafe
銷魂老碗公現烤甜醬油叉燒飯
臺灣文學基地
文房・文化閱讀空間

散步地圖

北棲邸家	芝山食堂	小器生活
文房・文化閱讀空間	特有種咖啡商行	小日子
Molly Lifestyle	興波咖啡旗艦店	光點華山
華山藝文中心	富錦樹咖啡	Matcha One
黑白切	文慶雞	臺灣文學基地

線上版散步地圖：https://maps.app.goo.gl/3ySomwgR2EF7464u6

中山站：老屋咖啡館
—— 喝咖啡、吃飯、逛市集的休閒時光

中山站藏著許多內行人才知道的玩法，我也有屬於自己的一條路線。吃飯、散步、喝咖啡一次滿足，這些我私藏的店家，去再多次都不會膩。很多人喜歡去捷運中山站周邊喝咖啡，其實再往赤峰街走到雙連站，還有一整個商圈，囊括許多我的愛店。

光是一條赤峰街47巷，就藏著好幾家超特別的咖啡店，像是有著古老閣樓的「北風社」，在那裡用電腦，會有特別平靜放鬆的感覺。隔壁的「浮光書店」也是老屋改建，不只可以喝咖啡吃甜點，還有一整面書牆的書可以挑選。赤峰街49巷，有家很酷的麵線舖，店舖牆上有一面復古的壁畫，還賣著澎湃的海鮮麵線。一定要來一碗「海王子愛三寶麵線」，超級鮮美。走到雙連站，「8%ice咖啡店」是內行人才知道的地方。每天下午會有鋼琴及小提琴的演奏，我喜歡點炒飯或漢堡，然後上到有著綠樹窗景的二樓，一邊聽演奏、一邊完成手邊的工作。而且旁邊就有健身房，不論是先去健身再去咖啡店、還是吃完後再去運動消化，都很適合度過一天充實而溫暖的時光。晚上還可以悠閒地晃到心中山公園逛逛市集，非常美好。

ZHONGSHAN 中山站

散步地圖

8%ice CAFÉ 中山店
娘子家咖啡
面線町
赤丸
誠品生活南西

北風社
月霞咖啡
浮光書店
春秋書店
Tella Tella Cafe

通庵 熟成咖哩 中山店
光點台北（台北之家）
美天餐室 DAY DAY
羊毛與花・光點
坪林手 赤峰

線上版散步地圖：https://maps.app.goo.gl/ddF7VinG3V7bXdtc9

象山站：時尚都會區
——戶外爬山、吹冷氣逛街的時髦週末

我很喜歡爬象山，在信義區上班時的冬天，我甚至還會趁午休時間走去爬。有一次，遇到一個爸爸帶著兒子爬象山，兒子爬得很累、想要停下來，爸爸跟他說：「你跟別人去爬山，爬不動的話，別人不一定會等你。」兒子問：「那怎麼辦？」爸爸說：「現在就練習啊，練到爬得動不就好了。」我覺得好有道理！本來是「別人不等我」的問題，現在變成了「自己練習、解決困難不就好了」的事情。如此可愛的對話，就這樣出現在生活裡。你爬山的時候，也會聽旁邊的人講話嗎？

有時上山前，我會先在「吳寶春麥方店」買幾片烤麵包，爬到山腰，坐下來邊吃邊休息。下山後，附近也有很多咖啡館可以緩腿，例如「象山日光」這類的小店。不過我更喜歡走到信義百貨商圈，可以吹冷氣，還有許多食物可以選擇。像是微風百貨的無印良品咖啡館，就是我爬完象山後最愛去的地方。如果要說台北最特別的咖啡店，那我一定會說是台北 101 裡 88 樓的「天空興波」。買一杯咖啡，就可以在高空眺望整個大台北，而且咖啡好喝、甜點好吃。是不是想找一天去信義區，逛街散步兼爬山了呢？

XIANGSHAN 象山站

象山步道
象山日光珈琲 Sunshine Cafe
Simple Kaffa Sola 天空興波
%ARABICA 台北象山店

楓川日本料理
渣男 Taiwan Bistro 信義一渣
吳寶春麥方店 臺北信義旗艦店

線上版散步地圖：https://maps.app.goo.gl/oDEcyi1BQwwE8t2d7

100 件下班待辦事項

這 100 件「下班待辦事項」，是從簡單到難的自我療癒步驟。小小的每一步，都是由外到內慢慢構築完整自我的過程，讓那些來自外界的矛盾和來自內在的糾結，都得到真實的解答。

「下班待辦事項」可以陪伴你度過下班時光。有的事一個人做、有的事找人一起做，那下班真的就有夠忙。這 100 件小事，來到你的生命裡，絕不是偶然，它們會陪你渡過 365 天中的 100 天，就這樣靜靜陪著扛了太多責任的你。不管是辛苦、委屈還是遺憾，這 100 件事將與你一起逆來不順受。

希望在你下班的時候，不要忘了在這份清單上打個勾。在 100 件事之後，第 101 件事，就是擁有一個完整的自我——不用變更好，因為一直都還不錯。

上下班潛規則

1. 偶爾提早到辦公室打卡，不但不會計入上班時間，也沒有印象加分的效果。每天固定時間抵達最好。

2. 提早抵達公司時，可在上班前梳理自己的事情，但若要處理私人的事，不要用辦公室電腦處理。

3. 如果上班時感到昏昏欲睡，可以抱著一疊紙類，並於辦公室之中隨機走動，以達到裝忙的效果。

4. 接近午休時間時，同事對周遭的敏銳度會提高，若想提早買午餐，建議結伴邊討論公事邊進行。

5. 午休時間的鬧鐘，建議勿設定響鈴模式。有可能全部人都醒了只有你沒醒。

6. 下班時間到了，沒事就趕快下班～！因為一天的下半場即將開始～！

給自己的下班待辦事項

完成後，記得幫自己打勾勾喔！

01 踏進一家每次都來不及進去的咖啡館　　（　）

尤其是家裡附近的那一間。每次都想著「下次有空時一定要進去。那會是個輕鬆愜意的下午吧？」結果一晃就是好幾年，從沒有進去過，就像我家附近有一家咖啡館，經過五年了，我都還沒踏進去過。

02 義無反顧地請一次特休，　　　　　　　（　）
去逛街、去看路上那些要上班的人

在職業倦怠時期，請特休能夠重拾對上班的熱情。剛出社會第一年，明明沒有全勤獎制度，我還硬撐著不請假，覺得自己超棒。有一天我不小心遲到了，才發現沒有全勤對績效也沒有影響，後來我就請了人生第一次的特休。我至今都忘不了那天走在東區街頭的感受，突然深深地明白：原來這就是可以繼續上班的原因啊！

03 選一個沒下雨的晚上，　　　　　　　　（　）
去逛夜市還要喝一杯珍珠奶茶

沒下雨且空氣乾燥的晚上，是天空給的禮物。把工作放下，出門去晃晃吧。不知道去哪的話，就去逛逛夜市，並允許自己今天可以吃雞排、喝珍奶，這個大學時著名的宵夜組合，是最讓人感到幸福的啊！

04　去一間你在 IG 上收藏很久但都沒去的店，　（　）
　　並在 Google 留下評價附帶一張照片

你在 IG 按下多少次「儲存」🔖，卻都只是存著呢？這樣豈不是浪費了那些滑手機的時間嗎？把儲存的清單打開，選一家店去吧！還要記得拍張照、在 Google Map 上留下評論，讓下一個想去這家店的人能參考。很有可能過了幾年後，你會收到一封來自 Google 的信：「您的評論已經突破 10000 次瀏覽。」我就收過，真的很多人在看。

05　與朋友去信義威秀看場電影，並在旁邊或　（　）
　　樓下的拍貼機拍一張「人生四格」吧！

你有多久沒有去電影院看電影了？找一天再去一次吧！感覺就好像回到了二十歲。現在信義威秀的門口和一樓，都有很多韓式的「人生四格」大頭貼拍貼機。不要害羞，一定要與朋友一起去試試，人不管到幾歲，都會因為拍貼機而快樂。

那天，我開口跟高中同學提出「要不要來拍一張？」，心裡其實覺得好害羞～畢竟又不是小朋友了，還想拍大頭貼！結果，我們拍得超級開心、超好玩，還留下了有意義的照片。

06　約朋友下班去居酒屋，這次要點酒喔！　　（　）

下班相約去居酒屋，吐吐苦水、抱抱怨，這樣的一天，才是完整的日劇上班流程。不妨嘗試一次看看居酒屋小酌，非常療癒，感覺好像從職場小菜鳥變身為真正的成熟上班族了。

07 去學生時期常去的店家吃一餐　　（　）

不論是國小、國中、高中、大學還是研究所，學校附近一定都有幾家店，陪伴了你大部分的學生生活。早上的美芝城、半夜的永豆，不只餵飽肚子，還蒸了一籠青春的美夢。

08 去小時候常去的文具店買文具　　（　）

小時候總為了幾十塊的零用錢，在文具店裡面來回猶豫好久，捨不得買喜歡的鉛筆盒、貼紙、筆記本。現在再踏進去，已經可以想買什麼就買什麼，卻少了小時候簡單的渴望。再去一次那間文具店，感受特有的放鬆感，也見一見心中那個沒長大的小朋友吧。

09 去扭一顆扭蛋　　（　）

用幾個銅板，感受機會和命運的隨機安排。轉出來，是不是你想要的那隻呢？就算不是，我們也總會安慰自己：「這隻也不錯呢。」不過，這也是因為一開始選對機台，只要一開始選對了，整台公仔都還算是喜歡的。

10 買一本書並且讀完　　（　）

買書時，在書店裡這本翻翻、那本看看。有時候就會突然有那麼一本，敘事口吻、文字風格，都深深打中你的心。那種「現在立刻就想買回家」的決心，來自於你發現這個世界上，竟然有一個陌生人，這麼懂你、說中你的心。

11　找到以前沒看完的漫畫，把結局看完，　（　）
並在社群上發表心得或和朋友討論

是不是有這樣一部漫畫，因為停刊太久，慢慢地就被你遺忘了，以致於一直沒看到結局。曾經以為永遠等不到結局，所以沒有繼續看下去，然而，後來終於有了結局，卻再也沒把它看完。既然如此，現在就去把那部漫畫找出來，把結局看完，讓自己少一段未知和遺憾。如今，有了許多社群平台，更要試試看把心得分享出來。

12　翻出一部沒看完的劇，把它看完吧！　（　）
一樣在社群上發表心得或和朋友討論

除了沒追完的漫畫，還會有幾部劇，你只看了一半，就因為種種原因沒看完。每當人家聊起：「有沒有看過那部劇？」都只能回答：「我有看前面！」所以找個時間，把這部劇追完，不管結局好看或難看，心裡又多了一件完整的小事。

13　擁有一本幹話記錄簿　（　）

人類的記憶力很差，最讓人懊惱的，就是依稀記得那個突然冒出來的好笑幹話：「他好像說了什麼真的很好笑的話！但我想不起來……」這時真的會很沮喪。比起特別開心、難過的一天，這種轉瞬即逝的生活小樂趣更珍貴，發生的當下要立刻寫下來，以免將來想破頭都想不出來。

14　在心情好的一天，寫篇心情好的日記　　（　）

如果這一天很開心的話，就寫日記把它記下來吧！不只是重新回味那件事情，也讓未來翻開日記本的你驚訝：「原來那天是這麼開心的呀！」

15　在覺得難過的一天，寫篇難過的日記　　（　）

如果這一天很難過，也把它寫下來吧。不管是難過或開心都很重要，難過的日子，一定讓人想了很多事。寫下開心、寫下難過，久了之後，會發現那都只是長路上的逗留。如果下次又非常開心、哪天又超級難過，我們也知道，沒過多久，時間就會帶來新的輪迴轉動。

16　什麼都不做，只躺在床上，　　　　　（　）
　　播放一首 YouTube 上的輕音樂

雖然無聊時，我最喜歡播放 YouTube 上的各種八卦節目，但若嘗試過播放輕音樂，就會體驗到不同的感受，腦袋會很乾淨清晰，放空卻開始思考很多事情。YouTube 上有很多「讓人放鬆的音樂列表」，選擇一個喜歡的，播放一整個下午，效果等同於安靜認真地看了一本書。

這類型的音樂頻道，有的節奏明快、有的充滿大自然的聲音。而我喜歡的音樂類型，則需要有明確的旋律以及溫柔的風格，聽著聽著，腦中會有許多畫面。不能慢得讓人想睡覺，也不能快得讓人無法思考，最好有一些讓人耳朵一亮的變調，這樣的音樂，對我來說就十分完美。

我推薦的 5 個 YouTube 音樂頻道

① Music Drawing

這是由一位神秘的韓國音樂家製作的音樂頻道。以鋼琴為主,旋律很動聽。總是能在歌曲中聽到非常多的畫面,就像在看一部韓劇一般。

♪ "Tonight, when it snows"
　Peaceful Sleep Music - White Snow

這是我最喜歡的一首歌,雖然旋律很平靜,卻有著滿滿的感情,會讓人不知不覺地想起很久以前的回憶,而且畫面非常鮮明。

♪ "A girl who loves the star"
　Sleep music like a dream - It will be a happy night!

這首歌中有著愉悅的心情,而且搭配的影片畫面非常美,描繪了這首歌的情境。星星從空中劃過、小女孩拉著電線桿,張開了雙手。一定是遇到了開心的事吧!而且是那種最純粹的開心。

♪ "How was your today"
　Sleep music to comfort you - Good job, today!

這是一首充滿冬天感的歌,用了特別的音色,呈現下雪叮叮咚咚的感覺。搭配的影片畫面,是一隻小巫婆坐在屋頂上,看著燈火盈盈的小鎮,呈現冬天才有的冷暖交疊。

❷ MONOMAN

這是個以吉他為主的音樂頻道。他的音樂平靜但不帶有太悲傷的旋律,像是一座火爐,點燃了溫暖的火光,在冬天的房間裡蔓延開來。

♪ Meditation-Monoman.beautiful comments, peaceful relaxing soothing

這首歌的感覺,像有隻毛茸茸的橘貓窩在主人腳邊,聽著會讓人想起許多很久以前的事──那些在冷冷的冬天裡發生的暖暖回憶。

❸ 별 헤는 다락방 Starry Attic

這是以鋼琴為主的音樂頻道,用豐富的編曲,表達著滿滿的情感,旋律讓人動容。不只有慢歌,也有許多節奏明快、旋律活潑的歌。

♪ 가을 일기(秋季日記)

這首歌是帶有惆悵感的小調,一聽就會被牽動心弦。優美的旋律,慢慢疊加成壯闊的情感,溫柔地激起心中小小的波瀾。

♪ Odd, isn't it?

這首歌輕輕柔柔,像是北海岸的海風,吹過半夜海上的漁船閃爍、點點漁火。在夜晚的房間裡,像是星星串成的旋律,讓整個房間都充滿了浪漫。

♪ 너를 좋아하는 이유 The Reason I Like You

這首歌，就像是從低谷慢慢爬起、最後終於看到曙光那樣地感動。一開始的旋律很柔軟，沒想到後來一層一層地疊加出交響樂般的合奏。聽著這首歌，會感覺一切的努力都終將值得。

④ COZY LIST 코지리스트

這個頻道的風格是高中生、大學生會更喜歡的。比起上面的成熟曲風，這個播放列表更加青春可愛，也很適合讀書時聽。

♪ When the White Snow Falls by COZY LIST

我很喜歡這一首歌，曲風清新、旋律溫柔，不一定會讓人想到很多事，但心會靜下來，也更容易專注於眼前的工作。

⑤ Lo-Fi Girl

這是一個非常知名的音樂直播頻道，沒有特定的歌單，點進去，感覺就像是一個廣播電台，隨機播放著 Lo-Fi 風格的歌曲，很適合閱讀、工作時聽。

17　製作 YouTube 或 Spotify 的分享歌單　（　）

把歌單設為公開，就可以被其他人搜尋到，讓這世界上的另一個人，跟你聽著同樣的一份歌單。他是以同樣的心情在聽嗎？雖然不知道，但他一定也從音樂中獲得了什麼感受吧。

18 不要忍住，放任自己去想所有的回憶 （　）

在聽音樂放空時，免不了的，會有各種回憶跳進腦中。有時候，我們會克制自己去回想那些事情，畢竟都已經過去了，就不要再自尋煩惱、浪費時間和心力。但是偶爾，就讓自己越想越深、越想越清晰，仔細地想、發狂地想，因為每一段過去，都有它的意義。

19 在天氣好的日子，騎車出門去晃晃。 （　）
要離家 10 公里之外

沒下雨的晚上，是世上最夢幻的時刻。台灣的春夏季節，只要太陽一下山，天氣就不熱了。舒適的空氣混合蓬勃的生機，心就像是回到了二十歲，該騎車出去晃晃了！如果是秋冬，就會有一種天氣越冷心越暖的感覺，這樣一想，就直接騎到九份去吧！

20 允許自己買一個可愛但沒用的小廢物 （　）
（只能買一個）

越長大越不敢買一些「小廢物」了，尤其是玩偶。在買的當下，都能想到回家就會堆在那，但每一次還是會忍不住覺得太可愛了！那麼就再放任自己一次，說不定這次，它會陪你很久很久啊！而且買小廢物的瞬間實在太療癒了，那種滿足感不是其他東西可以比擬的。

21　到公園撿落葉和落花，做成一幅畫　　（　）

在校園裡面撿枯枝落葉，回教室做成一幅畫，應該是許多人學生時期的共同回憶。一堂課有戶外有室內、有運動有藝術，不僅零成本，還超級有趣。就算長大了，還是可以這樣玩，尤其是街道上，春夏秋冬的落葉都不一樣，每個季節的美麗，都可以這樣保存下來。

22　到菜市場買菜，煮一道有蘿蔔的料理　　（　）

長大之後，我幾乎沒有去過菜市場，有一天去逛，才發現菜市場的蔬菜比超市便宜很多。而蔬菜當中，又以蘿蔔最為特別，因為它很難煮得好吃，需要創意，還需要時間。蘿蔔可以煮湯、煮咖哩、醃漬、磨末，明明用處很多，愛吃的人卻很少，所以買了一根蘿蔔之後，就很需要動腦。

23　嘗試做一次「巫婆湯」來喝　　（　）

所謂的「巫婆湯」，其實就是用各種蔬菜熬成的湯。它不但是保養聖品，還很好喝。最知名的巫婆湯就是「哈佛蔬菜湯」，把蘿蔔、洋蔥、南瓜、高麗菜切塊一起煮，只需要加鹽巴，等到食材都煮軟了之後，就是一碗超健康的蔬菜湯。我們也可以製作自己的巫婆湯，像是玉米、番茄，煮湯都很好喝。

24 嘗試自己煮「公主茶」來喝　　（ ）

有「巫婆湯」當然就有「公主茶」，把蘋果煮進茶裡，就是一壺屬於白雪公主的公主茶。先將蘋果切成小塊，以小火煮二十分鐘，把蘋果的甜味煮出來，接著再關火、放入紅茶包，讓蘋果水將茶包泡開，就得到了一壺有著蘋果香氣的蘋果紅茶，養顏美容又好喝。

25 為自己做一個便當，帶出門吃　　（ ）

其實做便當沒有想像中簡單。不能像在家煮晚餐一樣，用泡麵、小火鍋，一鍋到底解決。不論是主食、配菜都需要好好思考一下，不過只要做過五次之後，就會掌握到訣竅了。如果你曾經嫌棄父母做的便當，這時候就會發現，他們真的已經很努力了。

26 為自己做一頓晚餐，　　（ ）
並擺盤成豐盛的日式定食的樣子

與便當的意義一樣，定食是不能夠一鍋到底，用偷吃步解決的料理類型。有飯、有菜、有湯，就會特別有「好好地吃了一頓晚餐」的感覺，而不是在爐火邊煮一煮、邊煮就邊吃完那樣隨意打發自己。

27　為家人做一頓晚餐　　　　　　　　　　（　）

如果為自己做過便當、做過定食，自然而然地就會想要煮給別人吃看看，而第一個品嚐這份手藝的，當然就是從小打點我們三餐的家人。終於換我們煮給他們吃了！或許他們口中說著嫌棄的話，但這也是一種回憶，我們不也曾經嫌棄家人辛苦煮的晚餐嗎？一起體會看看角色互換的心情，非常有意義。

28　和家人出門去吃一頓預約好的晚餐　　　（　）

特別預約一家餐廳，帶著家人一起去吃，感覺很有慶祝的氣氛。不要預約「吃到飽」的那種餐廳，我推薦像是西式、日式料理的那種餐廳，大家坐下來一起享受當下的氛圍、一起聊天，不用一直起身去夾食物。吃完後，散散步再回家，這樣的一餐，日後想起來也會覺得特別溫暖。

29　在一個剛好的節日，寫卡片給家人　　　（　）

既然商人們為我們定下了一年裡那麼多的節日，平常不好意思說的話，就寫在卡片裡，把心意傳達給家人吧。雖然對於科技時代的我們來說，寫字很麻煩又很累，但是寫字能傳遞的溫度，是打字不能比擬的。尤其是那些錯字、塗改，都會讓收件者感受到心意。我曾經也覺得慶祝這些節日很麻煩又浪費，但是一張寫了心意的卡片，對於收到的人來說，一定特別有意義。

30 去爬象山　　　　　　　　　　　　( )

象山作為觀光客來台北必爬的山，不僅好爬、階梯完善、風景優美，還能看到台北 101。我曾一週爬五次，不會太累，卻滿足了每天所需的運動量。比起去健身房，爬山好玩許多，呼吸到的空氣也很清新。象山的高度與難度，很適合任何人去爬，連我這個不愛運動的傢伙也喜歡。但要小心，下坡時有些階梯會滑，不要滑倒了哦！

31 去跑一場馬拉松　　　　　　　　　( )

這幾年，馬拉松變成了非常熱門的運動，全台各地都有舉辦很多不同主題的馬拉松。不管是全馬、半馬，還是好玩的趣味路跑，與一大群不認識的人一起在城市或大自然裡跑步，感覺都超級特別。像是台北市政府舉辦的早餐跑、日月潭的環湖馬拉松，都是很熱門的活動。

32 去貓空找一間店喝茶或喝咖啡　　　　( )

天氣好的時候去喝茶，心情會超級好的，尤其是去山上泡茶。貓空有一整排的咖啡店和茶莊可以去，我私心推薦更往山裡的「威叔茶莊」，這裡需要開車、騎車或搭小巴士才能抵達，但比起茶莊一條街更為清幽。三層樓可以俯瞰整個台北，天氣晴朗時，風景非常美。食物和茶點都很好吃，可以在這邊度過一個悠閒的下午。

33　在山上或海邊看星星　　　　　　（　）

因為都市裡看不清楚星星，所以才要去山上或海邊。沒有光害的夜空，會給人很寧靜卻有著無限想像的感覺。在沒有嘈雜的大自然裡，可以親身感受宇宙的遙遠，通常也是在這時候，心裡面的小夢想會跟著慢慢長大。

34　到淡水看夕陽　　　　　　　　　（　）

晴天的淡水就是為夕陽而生的。明明是同一顆太陽，淡水夕陽就是不一樣，真的是金黃色。坐捷運就可以到的淡水，好像不管去幾次，都會讓人有放了一個很美的長假的感覺，還映照著一段很純粹的、像台灣老式 MV 裡那般的夏天。

35　去一次美術館或博物館　　　　　（　）

台灣有很多的美術館和博物館，門票都超級便宜，雖然展覽不一定好看，但空間本身就很特別。學生時期，我偶爾還會去逛逛，但出社會之後就很少去了。像是北美館、故宮博物院、台北天文館、奇美博物館……等，都有著宏偉的建築。在館場內還可以看到各種打扮的人，感受到與平常不同的氣息和頻率。

36　報名一場導覽或講座　　　　　　（　）

這是最簡單的再當一次學生的方法，幸運的話，還會遇到許多歷史、地理老師退休後來擔任的導覽人員。我曾參加到北一女退休教師的大稻埕歷史導覽、台大博士的講座。那種「再當一次學生」的感覺，會讓平凡的一天有深度的回味。像「島內散步」、「陽明山藍泉導覽」等，各類型的活動都很推薦。

37　去台北 101 喝杯咖啡　　　　　　（　）

出國去知名景點遊玩時，我都非常羨慕住在那裡的當地人。那些觀光客視為珍寶的景色，對他們來說，只是普通的日常生活。身處台灣的我們，不妨偶爾也去台北 101 走走，看觀光客來來去去，體會不用飛出國就能夠在地標散步的感受。如果你上到 88 樓，還可以喝一杯興波天空的咖啡，不用買觀景台門票也能看盡台北風景。

38　去大安森林公園曬曬暖陽　　　　　（　）

這裡可能擁有台北市裡最多的陽光，而且大安森林公園的小舞台更是許多夢想的發源地。用長椅圍成的觀眾席，是台灣影視作品裡面常常出現的背景畫面。在這裡可以散步、曬太陽、野餐，還可以看小朋友溜冰、看老人打太極拳，有時甚至會遇到鴨子和松鼠在那裡跑來跑去。

39　去台南吃牛肉湯　　　　　　　　　　（　）

台南人真的很會煮，台南絕對是我心中台灣最多美食的城市。一碗碗牛肉湯，總讓人不斷地想念，而且百家爭鳴、各有自家特色。去台南逛古蹟、吃美食，一定會為這個古都深深著迷。

40　造訪一個台灣古蹟　　　　　　　　　（　）

台灣路上處處暗藏古蹟，在台北的忠孝新生站一帶，就有一整區的「臺灣文學基地」。附近的「文房·文化閱讀空間」也是由日治時期的官員宿舍改建的。每次去拜訪這種有故事的親切古蹟，總會在這些屋子裡感受到台灣風格的古老時光。

41　去圖書館看書、雜誌或漫畫　　　　　（　）

圖書館其實是一個很豪華的公共設施，有不可飲食的乾淨空間和通風的空調。我推薦台北市立圖書館和政大賢達圖書館，館藏多、空間大，找一本書，就可以在充滿書香的環境裡面度過整個下午，但校外人士去政大圖書館時，記得帶身分證才能入館。

42　找一個考試去考　　　　　　　　　　（　）

參加考試，不只能夠再次體驗當學生的感覺，還能多了一個擁有新技能的機會。像是語言證照的考試，考場常常被分配在大學或高中教室，光是坐在課桌椅前、看著答案卡與考試卷，就好像還在當學生呢。原來讀書是世界上最單純的目標啊！只要想著寫下正確答案就好。

43 控制一次自己的夢境　　　　（　）

夢境是真的可以被控制的，而且會有很多劇情。每次只要我播放恐怖故事或案件解說的影片，一邊聽一邊睡覺，幾乎都會做詭異的夢。如果聽星座頻道或是八卦閒聊，就會有辦公室、學校生活出現在夢中。有時候是陌生人，有時候是認識的人，可能很歡樂，也可能吵架，每次醒來的時候，都感覺像剛過了比平常還要精采很多的一天。

44 查周公解夢　　　　（　）

夢境的記憶只會持續三分鐘，醒來三分鐘後，一切都會模糊掉。明明就好像是剛剛才發生的事，卻怎麼也想不起來。醒來的瞬間，要立刻回想夢境、記下重點、Google搜尋關鍵字解夢。例如：「很多隻貓跑進家裡 解夢」「被陌生人打 解夢」，像是周公解夢網站裡的解答超級詳細，常常會莫名其妙地點醒心中的迷茫不安。

45 戒糖三天　　　　（　）

戒糖一輩子太難，那戒三天就好，或許下次就可以戒一個禮拜。戒糖後的身體變化真的差很多，代謝變得更順暢，身形也不會臃腫。但是戒糖的確太痛苦了，所以先從三天開始吧。

46 如果你有喜歡的國家,開始學他們的語　（　）
言,從最簡單的開始學起:你好、早安、
晚安、謝謝、對不起

長大之後才知道,我們這輩子都會有機會遇到任何國家的人,在那一瞬間,說出他們的語言,他們都會特別有親切感。除了「你好」之外,還有「再見」也要記起來,就可以在離別的那一刻看到對方驚訝而開心的表情。

47 嘗試穿一次瑜伽褲去健身房(任何健身房皆可)　（　）

不知道為什麼從棉質睡褲換成瑜伽褲那麼難,可能是棉質睡褲太舒服了?但換成瑜伽褲或運動褲,運動的動力會直接上升。

48 一邊慢跑一邊聽 Podcast　（　）

我覺得慢跑是一種很難的運動,因為它不斷循環、沒有終點、沒有風景、還很累。還好只要戴上耳機聽 Podcast,不知不覺就能跑很久。

49 跑完後,在 Podcast 留言區留下留言　（　）

留下心得給作者的同時,自己也創造了一篇文章。這是一種與創作者的輕度對話,也是一種與外界的輕度溝通。

50　獎勵自己吃一塊甜點　　　　　　　（　）

戒過糖、穿上瑜伽褲、也好好運動了，那麼吃塊蛋糕也不為過，下次才會再繼續戒糖、運動、保持健康。

51　花錢保養自己，　　　　　　　　　（　）
###　　去做一個喜歡的髮型，或做指甲

精緻的髮型或指甲造型，會讓人感覺很快樂，忍不住一直看自己，進而想把全身都打扮好。我因為覺得浪費錢，出社會好久之後，才在同事慫恿下第一次去做指甲，就算只是最簡單的素色款式，也覺得自己變得很不一樣。為什麼我要拖這麼久才嘗試這件事情呀？

52　看一本穿搭雜誌，學習裡面的搭配　（　）

這是一件很老派的事，現在都看 Instagram 了，哪有人在看雜誌？但是，雜誌的美感和編排真的很棒，尤其是日本穿搭雜誌。推薦幾本我喜歡的給你：

Mina- 可愛又不會太誇張的流行風格，平易近人
Sweet- 更加甜美一點的穿搭，很受歡迎的風格
Spring- 俐落酷帥的風格，再加上有個性穿搭
Can Cam- 溫柔知性的氣質風穿搭，適合上班族的一本雜誌
Vivi- 活潑的辣妹風格穿搭，非常青春有活力

53　選一天早起、打扮，留下照片紀念　　　（　）

找有餘裕的一天，特別早起，用心打扮，穿上搭配好的衣服，去一個漂亮的地方幫自己拍一張照。今天就是餘生當中最年輕的一天，留下今天的樣子吧。

54　週末晚上十點就躺在床上，好好睡一覺　　（　）

睡前花兩個小時，慢慢地洗澡、去角質、敷臉、塗抹保養品，雖然這超花時間的，但是好好對待自己，辛苦才值得。

55　選一個週末睡到十點再起床，　　　　　　（　）
　　　整整睡十二個小時

把長期斷斷續續的睡眠、不足夠的休息，認真地補回來。但這項比較適合偶爾嘗試就好～

56　不出門的週末，在家洗把臉，　　　　　　（　）
　　　換上舒服但隨時可以出門的衣服

週末一整天待在家最舒服了！但是常常不小心一整天就晃過去了，唯一避免晚上後悔的方法，就是一早先洗臉，最好還換上可外出的衣服，那麼，這一天的快樂程度，將會遠高於沒有花十分鐘打理外表的一天。

57　把手機架在腳架上，　　　　　　（　）
錄下早餐、午餐、晚餐

不管是買的還是自己做的，都有值得記錄的畫面，小撇步是畫面不要晃，如果你還沒有一支腳架，今天去買吧！

58　把錄下的畫面分享在 IG 的限時動態　（　）

只要分享過一次，就會想分享第二次，尤其是自己做的菜，一定會想要與人分享。這是很棒的事，慢慢開始吧！

59　去一家喜歡的店，　　　　　　　　（　）
用手機錄下店家的外觀和你的餐點

比起在家，在外面拍影片更難，但如果只是要記錄一家店，那就還算簡單，從這個開始嘗試看看吧。

60　在一天當中，找到一件值得記錄的事，（　）
錄下至少十秒鐘

錄下一件你覺得值得記錄的事，也可以是這 100 件待辦事項中的任何一件，例如：爬山、慢跑、放音樂、佈置房間……等。每個人的生活中一定都有值得記錄下來的事情，只是很容易不小心就忽略了。

61　把這些日子拍的生活小片段，　　　（　）
　　　剪輯成一支小小的影片

現在用最簡單的手機軟體就可以剪影片了，如果嘗試把生活做成小短片，那就會更容易關注生活的每個時刻，也會開始愛上剪輯影片。

62　把剪好的影片分享成 Instagram 的 Reels　（　）

把這個小短片放在自己的 Instagram 帳號上吧！用原本的帳號或是開一個新的帳號來分享都可以，最好是公開的。或許這個帳號，會變成你重要的夥伴。

63　練習記錄更多的小事　　　　　　　（　）

除了上述的事情之外，任何自己想要記錄的事情，都可以用手機錄下來。已經練習過拍三餐、拍外食、拍生活中的小事，還有什麼是你更想拍的、更想分享的事？

64　開始製作屬於自己的小短片，　　　（　）
　　　訂一個主題吧：＿＿＿＿＿＿

現在，完整的影音製作流程都跑過一遍了。那麼，是時候找一個屬於你自己的主題，就這樣在生活中繼續拍下去吧。這個主題是什麼呢？

65 報名一個喜歡又不貴的課程去學習　　（　）

不要一次報很多種課，先認真地學習一件事情，用心感受自己喜歡或不喜歡、有天賦或沒天賦。跟著老師學，與自己想辦法自學的感覺很不同，兩種都體會過，更能知道自己該怎麼做。又或許，學完後就什麼都不做也沒有關係。

66 在課堂中，學習應對不順心的事　　（　）

在上課過程中，如果遇到不開心的事，或是聽到不開心的話，可以嘗試用各種方式應對看看。因為這樣的學習場域，既不是學校也不是職場，在亦是學生亦是客戶的身分下，試錯的成本不高，是練習應對的好時機。

67 將的成果分享到 Instagram，　　（　）
如果沒有成果，就分享心情

「分享自己」也是需要練習的，這是一種對自己每一天、每一週的小小成果發表。怎麼樣的分享比較好呢？每個人都有適合自己的方式。在這個數位時代，任何人都可以嘗試分享自己，說不定會讓許多人產生共鳴。

68 下雨時，躲在家裡看窗外的雨　　（　）

一連串的影音練習實在太過積極，是時候聽聽窗外雨的聲音。如果生活要走很久，就要學會休息，也要學習欣賞晴時多雲偶陣雨。

69 整理房間　　　　　　　　　　　　　　（　）

這次整理房間,不只是把物品從這裡搬到那裡去,而是把不用的東西一件件丟掉,進行深度整理。

70 逛 IKEA,也吃一下 IKEA 餐廳　　　　　（　）

找喜歡的人一起去逛 IKEA,很有浪漫的氣氛。不過重點是添購一些需要的家具,順便去 IKEA 餐廳,他們的炸雞翅很好吃。

71 逛無印良品,買一件喜歡的小東西,　　　（　）
任何東西都可以

在 IKEA 不一定會買東西,但在無印良品一定會。可以買喜歡的居家小物、收納用品、碗盤餐具,或保養品、化妝品、文具、零食等。「無選別宇治抹茶可可含草莓」超級好吃,裡面有一整顆草莓凍乾,酸酸甜甜鬆鬆脆脆,外殼的抹茶巧克力不會太甜、真的好好吃～這系列的所有口味都很推薦買一堆回家囤貨。

72 佈置自己的房間　　　　　　　　　　　（　）

房間剛整理完不久,還沒變亂的時候,最適合佈置房間了。把從 IKEA 和無印良品買回來的居家小物一起放在房間裡面,建築一個屬於自己的角落,超級幸福的。

73　去小時候常去的公園　　　（　）

那個小時候常去的公園，總是讓人玩到捨不得回家吃晚餐。現在再去一次吧，可能溜滑梯都已經拆掉了、鞦韆都已經換新了，因為我們都已經長大了。但是那個公園還在，靜靜地一直在那裡等著你回去看看。

74　去小時候常去的早餐店吃早餐　（　）

充滿回憶的早餐店，就是可以屹立不搖幾十年。我要謝謝那些陪我走過童年及青春、到現在都還一直在的早餐店，儘管物換星移、人事已非，那顆飯糰加蛋，口味依舊沒有變，咬一口，還是當年那個油條肉鬆味。

75　如果你搬家過，找一天回去　（　）
　　一開始的那個家看看吧

或許很幸運地，一樓的鐵門打開了，那就可以順著小時候爬的樓梯，走到那扇以前曾是我家大門的門前。現在裡面住著誰呢？或許有一種可能，只要這扇門沒有打開，裡面就一直住著那時候的我們。

76　一起慶祝家人的生日，　　（　）
　　並錄下許願的畫面

長大之後，許願、吹蠟燭、吃蛋糕，都有點難為情吧？這次不管如何，就是要逼家人坐下來認認真真地許願！前兩

個願望要說出來,第三個可以藏在心裡。把這個可愛又有點特別的時刻錄下來,這會是未來最珍貴的影像之一。

77　與家人一起看一部電影或影集,共同討論劇情或觀後感　　( )

我問過媽媽她最喜歡的一部電影是什麼?她說她忘記電影的名字了,但是很認真地跟我說了電影的劇情。從那些描述劇情的過程中,我們從家人變成了朋友,並且開始理解彼此除了日常瑣事之外更多的內心感受。透過螢幕中的故事,我們能夠更沒有壓力、天馬行空地評論與交流。

78　帶家人一起去拍一張正式的全家福　　( )

認認真真地去拍一次全家福,又或是大家一起打扮好,找一個漂亮的景點,架好腳架,一起拍一張漂亮的照片。全家福要完完整整地拍到每個人,包括那天的衣服、從頭到腳的打扮,連臉上的表情,都要認真拍下來。

79　聽家人長輩說說他年輕時的故事和回憶,聊完後記錄下來　　( )

有的回憶又臭又長、有的回憶很有趣。聽完,你會明白他為什麼用這樣的方式愛你。每個故事,都是他在我們這個年紀時所經歷的境遇,讓他頓悟了屬於他自己的道理。或許他們也一直沒有長大,只是外表變老而已。原來他們也曾經是懵懵懂懂的小朋友,而我們也有一天會像這樣老去。

80 空下一天,好好和家人聊天,傾聽家人講話 （ ）

遇到想要反駁的時候,練習忍住先不要表達自己的意見,而是多問一句:「為什麼?」這是一種很深層的傾聽練習。比起聽外人講話,聽家人講話更難,因為我們有太多成見了。有時候家人很討厭,是因為內心有話沒地方說,說出來了就好了。如果不好的話也沒關係,了解和傾聽,有時候不必有目的,傾聽本身就是目的。

81 對過去的自己,寫下一封信,再把信撕得碎碎的丟掉吧 （ ）

經過許多年,明白了很多道理,但卻沒有機會再告訴當時的自己。有些事,並不想告訴任何人,那麼,就把這些想法寫在信裡,讓一筆一劃將所有心情傳達到遙遠的過去。跟自己對話,也是需要練習的,一次一次釐清自己的內心,心裡的那條路也就更加清晰。

82 嘗試做一件以前被嘲笑過的事 （ ）

如果有人說你唱歌難聽,那就去唱歌,如果有人說你畫畫很醜,那就去畫畫。然後你會發現,你想做什麼,根本沒人能管你。只要開始做,就會有超級多的可能性,最重要的是,只有你能真正影響你自己。

83 寫下一個羨慕的人，以及羨慕他什麼　　（　）

羨慕與嫉妒是最大的心魔，它反應了內心的渴求。它可以毀滅自我，也可以讓自己走向真正想去的地方，所以誠實地面對它，就可以朝向內心最終的目標與方向。

84 嘗試看看這件讓你羨慕的事情，　　　（　）
　　失敗也沒有關係

從開始思考到上網查，再到真的去做，每一步都讓人更貼近現實，而不是憑空想像。許多成功的契機，就從幻滅的羨慕開始。

85 為討厭的人想一個綽號　　　　　　　（　）

他不會因此變得不討厭，但是他會變得很有趣。有了綽號之後，他就像一個壞角色，招數都在意料之中。跟別人說他壞話的時候，也比較不會不小心露餡、傳錯訊息，或被不該聽的人聽到。

86 寫下他討厭的地方，　　　　　　　　（　）
　　以及哪些作為會對你的心情造成影響

把這些討人厭的事蹟條列下來，以後才不會忘記。不論是生氣或傷心、是委屈或不平，每一個負面的心情，都有它的原因，也都沒有關係。但記得，寫的時候都要寫綽號。

87 寫下討厭的人實際上對你造成的影響 （ ）

有的人只是害你心情變差，有的人會害你加班、揹鍋、被誤會、被罵。試著把實際的影響寫下來，或許你會發現，他根本沒辦法實際影響到你。

88 想想怎麼做，讓他不會實際影響到你 （ ）

試試用各種方法，來停止被別人影響。或許這個方法沒辦法一下子奏效，但是只要嘗試過逃離險境，就會有突飛猛進的領悟力，社會經驗值也會高速成長。

89 嘗試給他一次你本來不敢給的回應 （ ）

當作一次溫柔而理性的實驗，如果原本不敢拒絕，就試著拒絕一次看看；如果原本不敢不理他，就試著不理他一次看看。記錄下他的表情和反應，或許結果完全出乎你意料，也有可能在預料之中。不管如何，實驗都很成功。去感受生命的各種實驗結果，就會變得更勇敢。

90 預想討厭的人下次可能會做什麼來影響你？ （ ）

預想過後，就比較不會怕了。下次再發生的時候，委屈的感覺減少了，反而得意自己預測得超級準。

91　預想三種應對討厭之人的方法　　　（　）

想好之後,會突然超希望他來惹你的,因為可以讓你立刻試試看新的招數。

92　想一想自己喜歡的人們　　　（　）

想太多關於討厭的人的事,會感到心累,所以也要多想想喜歡的人們來平衡一下。像是家人、朋友、伴侶、同事都可以,也可能是好心的路人。

93　寫下還有什麼想為所愛之人做,　　　（　）
　　　卻遲遲沒做的事情

快去完成那些事吧!像是帶媽媽出去玩、帶她去住她捨不得住的飯店、去體驗她捨不得的按摩、去吃她捨不得吃的餐廳。你心中所想的人是誰呢?那個人一定對你很重要吧!

94　如果有想做卻還沒做的事情,現在就訂　　　（　）
　　　下一年內的日期,然後去執行它

別再等了,一年的期限也夠久了。既然這件事在你心中這麼重要,就在這一年當中開始去執行吧!不要等,就是減少人生遺憾最好的方法。

95 找一天，去那個你很久沒去， （　）
卻很想念的地方

在台灣生活，捷運很方便，高鐵也很方便，所以說走就走吧！這是與回憶聯繫的好方法。

96 想一想這輩子覺得最快樂的時候， （　）
以及為什麼快樂呢？

這世上的快樂有很多種，我們常常為了沒那麼喜歡的那種而拚命努力，卻忽略了最喜歡的那一種。

97 感謝一下快樂的自己 （　）

謝謝自己創造了快樂的回憶，並承擔了悲傷的風險。因為越快樂就代表失去時會越悲傷，所以快樂需要很多勇氣。

98 感謝一下不快樂的自己 （　）

能夠與不快樂和睦相處的人，一定都經歷了非常多的事情。你真的太厲害了！應該要好好地感謝自己。

99 想像十年後的你，會為什麼事感到快樂？　　（　）

十年很長，但也很短，人生就是稍縱即逝。為了十年後回想起來能感到快樂，現在就開始行動吧。找一個比你年長十歲左右的人為目標，他就是你想成為的樣子，這樣目標就更具體了。

100 十年後，再次翻開這本書，　　　　　　（　）
到那時候，請寫下這十年的快樂與悲傷。

我們十年後再見。　👋

住屋改造進化史：我家還有別人的家

後來，我終於擁有了自己的家。雖然小小的，只有不到十五坪，但金窩銀窩不如自己的狗窩。因為很小，所以也不需要過多的裝潢。此時家具就很重要。大型家具，決定了整個家的走向。買大型家具，一次到位是最好的，可惜我就是繳了很多學費。好看不一定好用、好用不一定適合；吃飯剛剛好的茶几可能會擋到走道，坐起來舒服的沙發可能沒那麼好看。

一個小小的客廳，在五年內變了十次，這對我來說非常好玩，我很願意把錢花在這上面。後來YouTube頻道經營起來了，為了拍影片、想題材，我會做很多嘗試來大改造。如果不是熱愛佈置的人，那就別像我這樣搞，看看別人的血淚史，一次佈置完成還是最好。

以下我記錄了客廳佈置的十種版本，有我最喜歡的樣子，也有很後悔的改造。熱騰騰的血淚史，還有各種家具、油漆型號，就當作用學費換來的筆記，在這裡傳給也喜歡佈置改造家裡的各位可愛直屬學弟妹們。

客廳篇

第一版｜陽光小動物

最初的直覺還是最美好，後來改造再多次，都沒有第一次這麼充滿悸動。只是這個美好僅限於剛開始住、東西還沒有很多的時候。有的家具好看大於實用，例如我找了很久的米白色布沙發，有放大空間的效果，但畢竟是低椅背，在倚靠時沒有那麼舒服。因此我把它低價售出，買了第二張沙發後，客廳也就進入了第二個版本。而不得不提的，就是這個客廳當中，擁有一面定調了我家風格的牆壁。

牆上的水彩畫作裡有三隻可愛小動物,當時看到這組畫作簡直是一眼瞬間,立刻決定要佈置在沙發牆上。於是我在這個藝術平台「Etsy」上買了它的畫作電子檔,印出來放進 IKEA 的相框裡,並直接黏在牆上。後來要拿下來時,殘膠非常難撕掉,所以建議,還是要用無痕的方式來佈置相框為佳。

（ 小筆記 ）

以前的二手家具販售方式,現在已經不推薦了！當時我常常把家具放在臉書的二手社團上賣出,都是現場交貨、銀貨兩訖,從來沒有任何一次是用匯款的,所以都很安全。然而現在詐騙猖獗,賣家或買家都非常容易被騙,所以在這裡特別呼籲大家,不要隨便在網路上進行來路不明的交易,尤其是買賣二手商品,一定要當面點交,不要用匯款的方式。

家具及配件參考

- **全身鏡**：生活工場／自然簡約橡膠木全身鏡
  　　　　購入價 1,790 元

  | 優點 | 鏡框的橡膠木沒有上漆，溫潤質樸，是我喜歡的質感。
  | 缺點 | 底部沒有止滑設計，靠牆要自己黏。

- **大茶几**：生活工場／自然簡約橡膠木茶几
  　　　　購入價大約 4,000 元

  | 優點 | 桌面超級大，加上比一般茶几高的高度，當作餐桌使用都沒問題。
  | 缺點 | 放在這個客廳，會使走道動線太過狹窄，不好移動。目前此桌子已經沒有販售了。

- **淡粉水彩動物畫作**：Cloud And Stars Nursery
  　　　　購入價 519 元

  我在 Etsy 藝術平台購買電子檔，再去影印店輸出，所以另加費用 390 元。

- **畫框**：IKEA HOVSTA 相框（橡木紋，40x50 公分）
  　　　購入價 499 元

  此款可能已經停售了，但 IKEA 一直都會有相似款式。

* 以上為購入時的價格，僅供參考。

第二版｜日式灰色調

　　換了日式的高椅背沙發，躺起來脖子貼合椅背，真是舒服。淺灰色的色調改變了家中的基底色，風格從陽光鄉村風轉變成日系和風。茶几也換成了長窄型的，雖然少了質樸的原木手感，但走道動線變得非常流暢。為了恭迎當時的keyboard，我把全身鏡移開了。

家具及配件參考

● 貼皮茶几：IKEA／LISABO 咖啡桌（梣木）
　　購入價 3,990 元

| 優點 | 寬與長度都非常完美，實用也不佔位子。
| 缺點 | 梣木貼皮的質感還是不如原本的橡膠木那樣質樸溫潤。

- 沙發：宜得利／布質 3 人用沙發 HILL2 BE
  購入價 13,000 元

  |優點| 高椅背剛好與脖子貼合，非常舒適。木頭的沙發座框，讓整體體積更加小巧。
  |缺點| 沙發在兩三年後開始有微微的塌陷。

  *以上為購入時的價格，僅供參考。

第三版｜退出樂團

此時，我變更了木質層架桌的位置，但沒有添購新家具，只是把 keyboard 賣掉了。層架桌放在這一個位置，格局非常適合聚會，平常可以將桌面收起，有客人時再打開，很適合安放食物。

小冰箱與電器櫃的區域從一開始就一直長這樣，用得十分順手，也很好看。白色電器櫃是在 IKEA 買的，實用性和靈活度都非常棒，還可以加錢請組裝人員在櫃子後方開孔，讓電線順利穿過。掛布是特別訂製的尺寸，掛在廚房與客廳的交界處非常剛好，將亂七八糟的廚房完美遮起來。

家具及配件參考

● **木質層架桌：生活工場／自然簡約層架桌**
　　購入價 6,000 元

| 優點 | 它的高度與大小非常適合我，自然簡約的橡膠木是我很喜歡的材質，手感溫潤，拍照起來也非常好看。

| 缺點 | 桌板下方的固定方式，是用一根桌腳做

三角形的支撐固定，比較不穩，若踢到那根桌腳，很容易就會讓桌板闔上。我用釘子釘在桌板下方固定，但是效果沒有很好。後來發現它在近幾年出了改良版本，延伸桌腳是穩固的四方形固定。

● **白色電器櫃：IKEA ／ Metod 系列廚具櫃**
　　　　　購入價約 7,000 元（加組裝費）

它是 Metod 系列，在 IKEA 有許多的零件，可以自由組裝。現場人員會協助勾選組裝零件，我當時是照敦北店現場展示品所組裝。組裝清單如下：

- METOD 壁櫃櫃框（白色）｜ 60*37*60 公分
- METOD 壁櫃櫃框（白色）｜ 60*37*80 公分
- UTRUSTA 層板 2 件裝（白色）｜ 60*37 公分
- MAXIMERA 抽屜 低（白色）｜ 60*37 公分
- CAPITA 櫃腳 4 件裝（不鏽鋼）｜ 8 公分
- HAGGEBY 抽屜面板（白色）｜ 60*40 公分
- VEDDINGE 抽屜面板（白色）｜ 60*10 公分
- VEDDINGE 門板（白色）｜ 60*40 公分
- BAGGANAS 把手 2 件裝（不鏽鋼）｜ 143 公厘
- UTRUSTA 廚房緩衝式鉸鏈｜ 2 件裝，110 度

* 以上為購入時的價格，僅供參考。

第四版｜懶骨頭

懶骨頭到底好不好用呢？在小小的空間裡，確實是比較佔地方。如果你家有一間專門用來看電影的房間，那懶骨頭就是個好選擇。因為躺在上面很舒服，坐在上面卻不能久坐，所以我認為它最適合的情境就是邊躺邊看電影，如果少了這個情境，就會顯得不那麼實用。不管如何，這顆懶骨頭真的非常舒服，現在已安置在老家，被好好地使用著。

- 懶骨頭：Yogibo Max 淺灰色
- 小邊桌：走走家具（2024 年 1 月歇業，故無販售，大家可以上網找找類似款式。）

第五版｜皮革風格

　　我一直覺得這種焦糖色的皮質沙發很美、很大器。所以在這次大改造時，就更換了整體風格，連廚房的隔簾和牆上的畫作都一起換掉。

　　雖然這樣的風格很有質感，但是因為我的客廳比較小，所以比起淺色系的佈置，深色系會讓空間有微微變小的感覺。後來，我媽媽說她很喜歡這張沙發，於是就將它搬到老家的客廳，一直使用著了。

第六版｜沒有沙發

因為家裡東西越來越多、下班後的工作量也越來越大，於是我把沙發搬走後，就不再買新沙發了。而是弄來了一張正方形的木桌，開啟了沒有沙發的生活。

一開始我還挺滿意的，覺得好像把空間利用到了極致，工作區也變得更大。但沒多久我就後悔了。沒有沙發，竟然就沒有「家」的感覺，能做再多工作，又有什麼意義呢？那陣子我糾結了好久，因為木桌很重，又是我好不容易找到的，搬來不容易、搬走也麻煩，所以硬是說服自己了一陣子。最後還是無法忽視內心的聲音，我好想念有沙發的日子。

家具及配件參考

- 躺椅：生活工場／北歐簡約可拆洗式櫸木躺椅
  購入價 3,299 元

  | 優點 | 它的椅背可以調高、調低，所以可以躺也可以坐。搭配櫸木底座和把手，既好看又舒適。這系列的躺椅，我買了 2 張，都很喜歡。
  | 缺點 | 看似小小一張的單人椅，其實底座佔據很大的空間，所以會有那麼一點佔位子。

- 白色電腦螢幕：PHILIPS 24 型 (寬) 電腦螢幕
- 木櫥櫃：完美主義 WOORI 復古多用途廚房收納櫃
- 櫥櫃中的收納櫃：完美主義 WOORI 掀蓋收納櫃
- 電腦椅：C'est Chic Vintage 復古小日子電腦椅

* 以上為購入時的價格，僅供參考。

第七版｜窗前工作桌

此時正式迎來我家的升降桌。順便說說升降桌的優缺點吧！我很有心得。升降桌比普通桌子貴，所以幾乎都有實體門市可以看。最大的疑慮就是：實用性到底如何？會不會調到一個固定的高度，就再也不想動它，結果根本跟普通桌子沒兩樣了？我的答案是：不會。升降桌真的有其必要性，尤其是久坐辦公的人，當你能夠調高桌面、站著繼續工作，你會覺得屁股和腿都舒服很多。在吃得很飽的時候，也不會因為忙著工作，而必須馬上又一坐好幾小時，感受著大腿肥肉肆無忌憚地生長。在使用電腦下方的主機時也很方便，不論是插 USB 還是調整藍牙接收器，只要把桌面升起，就能夠非常順手地做事。總之，需要在家中辦公、工作的人，都蠻需要一張升降桌的。

(小筆記)

在此提供幾個挑選升降桌的小祕訣：

❶ 高度在 60 ～ 120 公分之間的升降桌就很夠用。60 公分是一般茶几的高度、75 ～ 80 公分是一般書桌的高度。
❷ 選擇能夠安裝桌底電腦主機架的，整個腿部的活動空間會更俐落，電線也可以收得更乾淨。
❸ 桌面下要有理線配件的設計，升降桌本身就有電線，再加上電腦主機、螢幕的電線，很容易亂七八糟，所以非常需要理線設計（例如桌面下的理線層架等）。
❹ 要有安全設計。桌面在碰到障礙物時，要能自動停止升降，這個設計很重要，才不會不小心撞壞東西。
❺ 抽屜、桌面插座等額外設計，純粹看個人喜好，像桌面延伸插座雖然很方便，但我不喜歡，因為不夠美觀。

● 升降桌：Patya 打鐵仔 辦公好朋友 電動升降桌
● 置物架：Patya 打鐵仔 置物好朋友
● 膠囊咖啡機：illy Y3.3 膠囊咖啡機（白色）

第八版｜沙發回歸

在大木桌搬走的那一刻，代表著沙發的王位空出來了！我內心的小疙瘩也終於被剷除。有了先前的經驗，這次選沙發時，我一律以白色系作為考量。最後選到了一張很美的沙發，搭配白色貓抓布，為我未來想養貓的計畫醞釀著。

- 工作桌／椅：走走家具（2024 年 1 月歇業）
- 咖啡桌：MYZOO 動物緣 貓咖啡桌 Cosmos
- 沙發：AJ2 赫本 3 人座沙發 奶油杏色貓抓布

第九版｜有貓的白色小家

　　自從家裡多了新成員——魔貓啾啾以後，我才發現，貓咪的垂直活動空間比平面空間還重要，於是決定把整面沙發牆拿來當作他的遊樂場。以天空為主題的貓跳台，主角是一彎超級大的月亮，再加上一顆星星、一朵雲、一個太空艙，就這樣完成了一面超夢幻的貓牆。

● 貓跳台沙發牆：MYZOO 動物緣 貓空間規劃

第十版｜復刻五年前

我的元老級層板桌，曾經搬去老家一陣子，搬走之後，我內心一直隱隱約約地想念這張桌子，尤其是在廚房煮完菜時，總想把菜端到那張桌上吃。直到有一天，想念的感覺特別強烈，於是就把它搬回來了。當它再次佇足我窗邊，時光彷彿突然回到五年前。不論經歷了多少事，最後還是想念最初的模樣。

臥房篇

不只有客廳,我的小房間也變了很多次。因為房間很小,甚至不足 3 坪,所以我想了很多方法,要將空間利用到極致。最重要的就是書桌和衣櫃,畢竟我的衣服超級多。

Before

After

第一步,我買了 IKEA 的兩個大衣櫃,房間馬上就快沒了空間。於是我決定不買書桌,而是去特力屋裁了兩塊寬 40 公分的松木板,用三角支架鎖在牆上。我想,沒有了桌腳,應該更清爽吧!結果卻出現了一個大問題。雖然每次拍房間的照片時,畫面都非常美麗,但這個缺點還是很致命。

一般來說,書桌的高度是 75 ~ 85 公分,而寬度至少要有 60 公分,越大越清爽。這個寬度能讓手臂舒適地放在桌面上、有足夠的平面支撐它。所以當我裁的木板只有 40 公

分，手肘就會沒有地方放。然而我太愛這塊木板，而且當初把它鑽孔釘上牆花了很大的力氣，所以一直捨不得拆掉，一用就是五年。

第一版｜灰色水泥牆

小小的房間，用白色系最安全，也最能夠放大空間。但「全白」對我來說有點無聊，所以我把床後的那面牆刷成了水泥灰。當時也還沒有太多雜物，所以只有白色與灰色的房間感覺很清爽。我特別選了一組白底灰線的床包，視覺效果十分乾淨俐落。

第二版｜溫馨咖啡屋

　　慢慢地，我的雜物開始多了起來，也買了一台新的桌上型電腦和一張復古可愛的咖啡色電腦椅，因此我決定把房間改造成溫馨一點的咖啡色系。

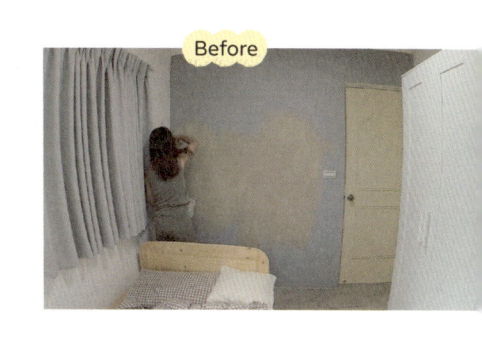

Before

　　我把原本的水泥灰牆面改漆成咖啡奶茶色。這個顏色很美，明度與彩度不會太高，視覺效果十分舒服，我超級喜歡最後漆出來的樣子。

After

- **衣櫥**：IKEA ／ BRIMNES 衣櫃（雙門款）
  購入價 3,999 元
- **油漆**：得利乳膠漆〔20YY 45/114〕，
  實際上看比照片或影片上深一點點

我常常更換搭配的佈置，大創的洞洞板、咖啡色格紋的床包……等，都是那時候很滿意的戰利品。

第三版｜小鋼琴

由於桌板寬度太窄了，所以延伸到床鋪前方的那塊其實很少使用到，於是我放了一台 61 鍵的卡西歐電子琴在這裡，沒想到竟然剛剛好。

第四版｜雙主桌

後來我異想天開，手工製作了一張「延伸桌」。說是手工製作，其實不過就是去特力屋裁了一塊剛好的木板， 然後去 IKEA 買了四支桌腳，鎖上去就完成了。這樣做起來的延伸桌，四支桌腳會微微晃動，所以只能說是堪用，一點都沒有到好用的程度。不過它支撐了我的手肘一陣子，也放過不同的家電，像是大螢幕、電子琴等，還算是立了小功。

第五版｜升級雙人床

在養了一隻貓後，我開始考慮更多關於未來的事。「這是最後一次的房間大改造。」我跟自己說，然後就換了一張雙人床。或許一個人的家，也有可能變成更多人的家。這張床架叫做「懸浮床架」，外觀看起來像浮在半空中，完美復刻了 Hebe 田馥甄的那首「寂寞寂寞就好」MV 裡家具飄起來的畫面。不過要在這個小房間放進雙人床，那麼勢必得拆除長年盤踞的桌板。於是，這個小房間迎來了史上最大的改造。結果效果出乎意料地棒，床邊甚至還有一個空位可以放一張 IKEA 的正方形餐桌。這張餐桌寬度有 60 公分，高度也跟一般書桌一樣有 75 公分，說真的，比我那一塊撐了五年的桌板好用多了。

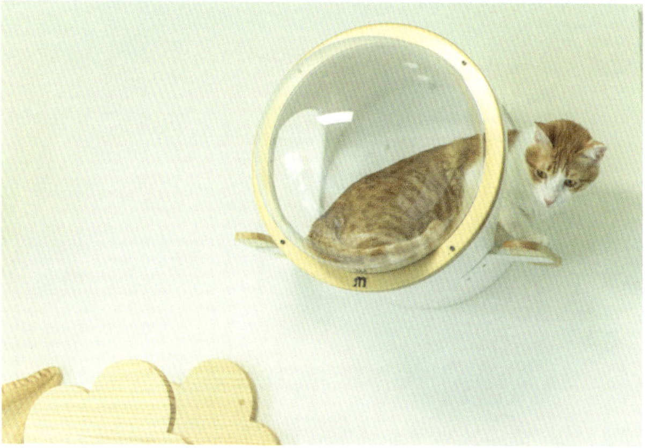

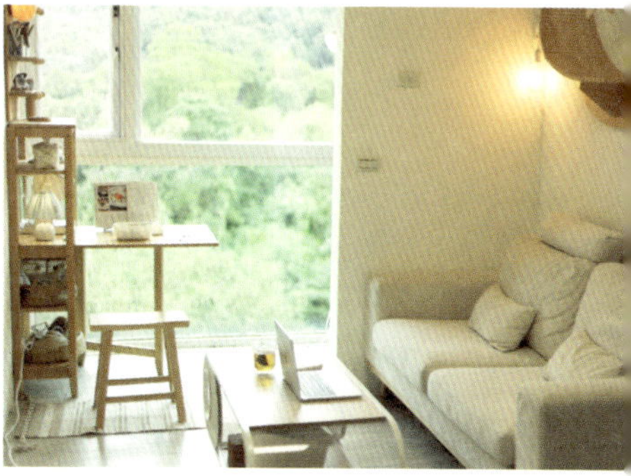

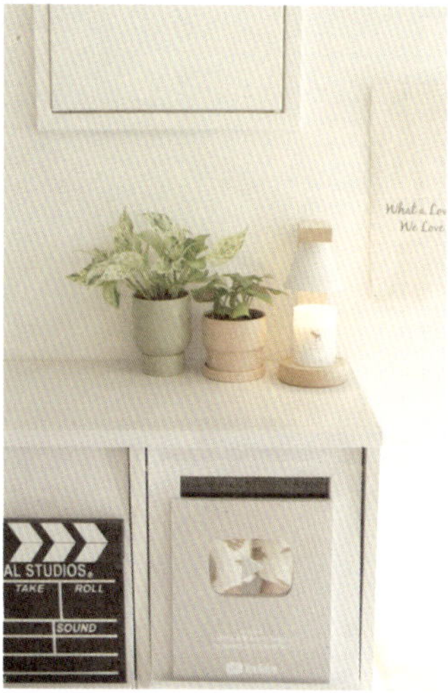
TAKE
ROLL
SOUND

改造別人家篇

剛開始經營頻道時，我剛好在改造自己家，但是總不可能每個禮拜都改造吧？那時頻道正有起色，我不想放過這個時機，所以想到了一招——幫別人改造，再拍成影片做分享。

從此之後的一年，我頻繁地去改造別人家，超級累的！因為不像在自己家，隨時都可以拿起刷子開始漆。得先約好時間地點，扛著一堆工具到那邊，然後在短時間內就要改造完畢，還要把過程拍攝成影片素材，真的很緊繃。所以這個系列沒有持續太久，但我卻因此更了解了不同的風格和喜好，以下精選出 5 個房間改造，每一個都有了超級大的改變。

風格 1 ｜少女心 ✖ 油漆改造

僅用了油漆來改造牆面顏色和磁磚縫，整個空間就變得明亮清爽很多。青綠色的那一面，

漆成了帶一點點藕色的奶茶色，磁磚縫則漆成了白色。在所有家具都沒有換的情況下，就簡單地完成了大部分的改造，效果超級好。但必須注意，並不是所有的磁磚縫都能夠漆，需要先評估一下。磁磚縫填的是填縫劑，最好在一開始裝潢時，就跟師傅說要用「白色、淺色或本色」的填縫劑，會比原本的水泥色填縫劑好看非常多。

風格 2 |
木質調清新小屋 ✖ 油漆／層架／木地板

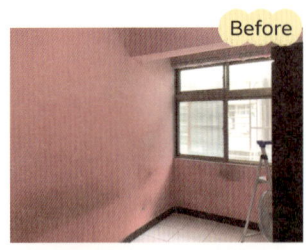

這間房間的牆面本來是芭比粉紅色，所以我們花了很多時間把粉紅色油漆蓋掉，大約三至四天左右，總共漆了兩、三道漆才完成。完成後的效果非常好，房間變得清爽舒適，空間感也大很多。除了油漆之外，我們在衣櫃旁邊也釘了幾塊剛剛好的層架，讓收納更方便。同時還鋪了塑膠木地板，讓色系統一又好看，就此從粉紅芭比屋變成了木質調的清新小屋。

風格 3｜
鯨魚小屋 ✖ 衣櫃貼皮、塑膠木地板、油漆

這間房間的燈光偏黃、採光不充沛，地板還是古老的磨石子地磚，所以我主要做了三項改變：衣櫃貼皮、鋪設塑膠木地板、牆面油漆改色，並用大面積的掛布，為房間定下主題風格。佈置小物幾乎都是 IKEA 買的，像是金屬立燈還有鯊鯊玩偶，都很好看。

塑膠木地板一直是一個備受爭議的材料，因為網路上已經有各種分析，大家可以自行查找，我這邊就直接分享用過各種木地板的心得感想。

Before

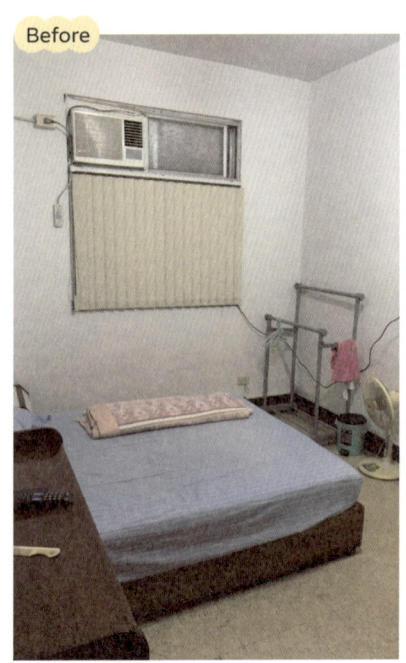

小評比｜
塑膠木地板 ✗ 超耐磨實木地板

① 塑膠木地板：

　　材質內不含真正的木頭，全部都是塑膠做的，所以比較便宜。但如果顏色和花紋挑得不對，尤其是亮面光澤的，很容易有廉價感。建議挑選霧面、淺色系、紋路不要太複雜的，整體效果會比較近似於真正的木地板。需留意的點是，如果施工不良，在氣溫轉變時很有可能會翹起。但有一個特別的好處是，因為台灣

太潮濕了,木製的家具都有生蟲卵的危險,塑膠木地板就沒有這個問題。

❷ 超耐磨實木地板:

　　是將實木壓製成的木地板,所以不論是手感或是外觀質感都很棒,也因此價格比塑膠木地板高出兩三倍。但因為台灣氣候太過潮濕,尤其是夏季有颱風、冬季有東北季風,若大雨造成滲水,都容易讓木頭家具長蟲,因此需要小心房屋滲水的問題,避免木地板長期泡在水中。

風格 4 |
粉嫩小房間 ✘ 換櫃子、換床包

我為這個小房間的床裝上了一組顏色很特別的床包，淡淡的撞色十分清新可愛，一點也不眼花撩亂，呈現粉嫩的韓系居家感。這個房間作為客房使用，所以我訂製了扁扁的五斗櫃。保留一塊白色牆面，就可以作為投影牆使用。書桌區則保留了屋主原本的超大白板，加上簡單的 IKEA 家具，很有學生自修室的感覺。這次改造所拍的影片，也在我頻道中突破 120 萬次觀看次數，給當時碰到瓶頸的我很大的力量。

風格 5 |
雲朵小房間 ✘ 藍天窗簾‧草地床包

Before

　　這個房間有一面很可愛的窗簾，所以我選了草綠的床單，完成「天空草地」的感覺。在床後的牆裝上投影機架，就是最完美的投影角度！就算是便宜的投影機，也能夠帶給房間浪漫的夜晚。透明的雜誌架讓雜誌就像懸浮在半空中一樣，與藍天白雲呼應，看起來十分童趣可愛。

After

投影機最好選擇可以「斜邊投影」和「自動對焦」的，用起來更方便。

貓的報仇

一個人住了很久,在全家人的支持下,我接回了媽媽朋友的新生貓,開始了與貓室友的「同居生活」。據說,貓的長期記憶有三個月,短期記憶只有一天,所以他只注重當下的事情——所謂的一期一會。可能就是因為這樣,貓才能那麼賤,反正今天生氣,明天忘記,後天還有後天的肉泥。不過我玻璃心碎滿地,並不是因為貓咪惹我生氣,而是因為真心換絕情。

翻臉比翻書還快,但他直接翻桌

我的週末行程滿檔,工作緊鑼密鼓地進行。但是小賤貓一來,不但要餵飯鏟屎還要陪玩,把計畫完全打亂。他愛追逐遊戲,整間房滿場跑,體力比我還要好。跑到最後,我終於把自己關在房間,打算先來個眼不見為淨,工作做完再說。

「喵……喵……」有一種貓叫聲是拉長音、尾音還帶一點哭腔，聽起來超級可憐。那一天，他又在房間門外喵喵叫，我忍不下心，才工作一下，就把房間門打開。只見門口地上有一根逗貓棒，他竟然還會把逗貓棒叼到門前？我狐疑地轉頭看他，他眼神裡滿是期待的火花。

「……」

我心中是無限的點點點，我看同事養貓，上班的上班、聚餐的聚餐；也沒見誰為了養貓，連工作都不能做，才想說我也可以養。

抵不過小賤貓的眼神攻勢，我還是拿起了逗貓棒。麻煩的是，不能坐在床上揮一揮逗貓棒了事，還要陪他追趕跑

跳,直到玩到氣喘吁吁,他才滿意地躺在地上撒嬌。盡完主人的職責,我對自己感到很滿意,安心地轉身進房繼續剪影片去。結果還不到半小時,門外「砰!」的一聲,他竟然把我整個桌子翻了!在收拾了兩個小時之後,我決定再也不心軟。但我沒想到的是,我根本不是他的對手。

一口價兩萬五

還記得那天是喜氣洋洋的大年初三,也是我第一次帶小賤貓一起回媽媽家過年。我們一人一貓一房間,相安無事過了三天。回程的前一天晚上,我開始準備收心,躺在床上抱著筆電,一邊工作一邊睡著了。

隔天早上才六點，一聲聲喵喵叫綿延不斷，我還以為自己養了一隻公雞。但前一天太晚睡，我昏頭昏腦地還沒醒，等到我再張開眼，已經是早上八點。正準備起身去拿貓飼料，我突然瞥見我的筆電螢幕角落……怎麼有不規則狀的咬痕？

　　我當下眼前一黑，整個人都醒了，不可控制的怒火直灌腦門，「你竟然把我的螢幕咬壞？」我轉頭看向兇手，他還給我吐舌頭一臉等著吃早餐！我真的差點沒當場暈厥。大年初四，大家歡天喜地在走春，我趕回台北，抱著筆電去蘋果原廠估價。整塊螢幕換掉，台幣兩萬四千八。未稅價。

　　老實說，那陣子我真的沒辦法好好面對他，我以為的梗圖迷因，竟然就這樣真實地發生在我身上。一口兩萬五的螢幕真的讓我很心痛，可能裡面也包含了對自己的自責，為什麼沒有早點起來餵他？或許這樣他就不會去咬螢幕了……。不過，說再多都沒用，如果你有養貓，記得隨時把筆電蓋好，不然如果他餓了，可能會把螢幕當餅乾吃掉。

我想說：「對不起。」

據說養貓的方式可以看出原生家庭的相處模式。我才發現，我跟我媽實在是太像了。和解跟了解是兩件事，跟家人和解，不代表真的了解。而養貓，就是一個了解的過程，原來，換作是我，做得更不完美。經歷了「貓的報仇」，我決定不再被他情緒勒索。真的忙起來，我可以把自己鎖在房間裡面，一工作就是三個小時，上個廁所繼續。沒人陪玩，小賤貓也就自己去睡覺了。雖然我可以看到他失望的表情，但是工作要緊，不忍心也得忍心，我總是想：「對不起，這些事忙完，我一定好好陪你。」然後，我想起了小時候工作忙碌、扛起整個家的媽媽，她也常常說：「對不起。」

貓的花式心機

把小賤貓裝在籠子帶回家的第一天，一開籠，他簡直玩瘋了。在小小的家裡，小小的他橫衝直撞，我只記得我真的好想睡覺。後來，被他吵得無法睡覺的日子，我一邊睡一邊哭，不知道該怎麼辦。我腦中的畫面，應該是他靜靜地依偎在我的腳邊當我的暖暖包，平靜優雅地度過每一天。

人貓不寧的日子，沒有持續很久，他也從小賤貓長成了大賤貓，臉還是一樣賤。奇怪的是，只要有客人來家裡，他就超級乖，會撒嬌、會蹭人，還不會搞破壞。我每次都會氣急敗壞地跟客人們解釋他平常多不乖，是不是像極了媽媽在外人面前罵小孩？

或許不是他不乖,是我太呆,一隻貓都比我懂心機。什麼時候可以鬧、什麼時候要有家教,他早就弄得明明白白,還會喵喵叫、蹭頭蹭尾地撒嬌,再怎麼賤都不討人厭。低得下身子抬得起頭,他的段位比我還要高。

說了這麼多,還沒好好介紹一下這隻貓。光是取名,我就想了三個月以上。他的毛色橘白橘白,焦糖、布丁、拿鐵都曾是候選名單。但聽人家說,橘貓用食物取名,會變得超級愛吃,所以我一直遲遲沒有決定。最後在他大鬧家裡的一個下午,他的名字終於確定——魔貓啾啾,他的名字就叫做啾啾。

想把生活變成電影的原因

其實我是個沒有什麼自信的人，曾經隨波逐流，追求著別人眼中的熱鬧煙火。然而，一直到上班經歷了許多人和事之後，才發現一切都跟想像中的大不相同。世界不再圍繞著喧嘩的人們旋轉，而是各種人有各種人的精采。外放的人少了溫柔的力量，熱烈的人沒有剛毅的堅強，原來世界上有那麼多種活法，沉穩安靜從不輸給大鳴大放。

在光彩奪目的喧囂旁，有一扇安靜的大門。門後，是一幕幕卸下偽裝的真實日子。這樣的每一天，有著許多天馬行空、有著許多喜怒哀樂，儘管那些想法並不符合現實規範，但我想，世界上一定會有與我有共鳴的人。或許這就是我想把生活變成電影的原因吧！普通的日子如果過成了一部電影，那麼，那些平凡的畫面，是不是就成為了最雋永的情節？

把生活變成一部與世界分享的電影吧

撇步 1　找出屬於自己的實用資訊

再平凡的生活，都有讓別人好奇的地方，也都隱藏著許多對別人來說有用的資訊。「實用資訊」是很棒的內容，如果仔細地完成了本書中的「100 件下班待辦事項」，那麼一定練習了如何捕捉屬於自己的實用資訊。

撇步 2　為你的實用資訊下個標題

許多實用資訊都來自於自己的生活，找出瑣碎生活中的一個主軸，就能變成一部屬於你自己的電影。為這部電影定下一個吸引人的標題，一切準備開始！

撇步 3　把它們丟進網路世界中翻滾

把屬於你的電影，放到網路上分享吧！只要與陌生人產生了交流，一切就從自己的世界進入了大家的世界。有一個小撇步：影片的最前面如果包含了實用資訊，那就太好了，一定會感受到回饋的。而影片後面，就可以完全按照自己的喜好剪了。

撇步 4　從世界觀察自己

　　從觀眾的反應中,可以更全面地看清自己,進而找到一條屬於自己的路。你會發現,「第一眼」實在太重要了。而關於「生活分享」的影片,有一個小撇步,就是首圖盡量別用大特寫,改用清楚表達內容的全景照,這樣一眼就會知道影片的內容,並給人豐富的感覺。

撇步 5　允許自己跟別人不一樣

　　很多「看起來很奇怪」的事,在多年之後,有了成果,別人才會恍然大悟。所以我特別感謝那些在一切還未知的時候,就願意和我一起奇奇怪怪的人。同時,我也會去理解那些不懂我的人。不懂我並不是他們的錯,就算是爸爸媽媽,也沒有義務要無條件地懂我。等到我們做出了成果,那些所有的不懂,自然都會懂。

為平凡的生活，下一個標題

這些是我頻道中點閱率最高的前十二名標題，共通點就是用實用或有趣的資訊，分享生活裡平易近人的每一刻。

YouTube

1. 5種不鑽牆改造術—無痕＋免釘！
2. 1500吃一週台北上班族自煮開銷
3. 小資女的1人台北無印小房
4. 1人住也可以買COSTCO 大量分裝$2000吃1週不寒酸
5. 1人住的女生小房一週3餐
6. 1人住吃1週不寒酸。全聯我必買的1樣食材

在這些分享實用資訊的影片當中,也包含了許多自己想要表達的內容,不論是自己的心得還是生活,都能透過這個方式,展開與外界的交流。

YouTube

7. 5招打造無印風廚房
磁磚不動＋木紋地板＋純白廚具

8. 1人買COSTCO分裝,
破千讚10樣必買好物。

9. 1間台北小房的3年。過度極簡後悔了
沙發還是必要的?

10. 煮了5年我才頓悟。
網友推爆全聯10樣回購品＆地雷

11. 全聯8款「名店火鍋湯底」

12. 1人住上班族女生小浴室改造

有廚房不煮太浪費,

沒廚房煮起來更有感覺!

煮了五年的廚房小秘密,

全都藏進了我一個人的下班料理。

CHAPTER

03

／

一個人的
下班料理

沒魚蝦也好，有干貝的話更好

只要你願意踏入料理的世界，就會發現，最好還是看食譜比較保險。大部分的時候，相信直覺可以煮出普通好吃的菜，但有時候，下場就是很難吃。雖然看食譜很麻煩，可是真的能被自己驚艷一番。

第一年拍 YouTube 影片的冬天，我在全聯看到一整面牆的火鍋湯底包，想著：「來做支評比影片吧！」於是買了快十包的湯包回家，吃了一個星期，我感覺我體內的鈉含量都要超標了。而那支影片也頗受歡迎，剛開始經營頻道，就有了 44 萬次的瀏覽量。對於當時頻道只有幾萬訂閱的我來說，是一劑很大的強心針，鈉含量算什麼？再吃十包也沒關係。

那時候，一個人住的我，在茫茫人海的世界中，有了一群觀眾。在家門外不會聊的煮飯燒菜、在人群中不顯眼的每日三餐，終於有了寄託之處。那些貼近生活的小事，明明那麼重要，卻好像沒有人在乎。

原來，每個人回家以後，都有一個在電腦前、手機前的自我時刻，而這些小小的日常生活，就成了一顆顆波動的振幅，跨越螢幕，引起了巨大的共鳴。

後來，我不愛買那些全聯的湯包了，而且很多網友留言告訴我加工物會傷身體。有時候我會買無印良品的湯包，但更多時候，只要善用櫃子裡的乾貨食材，就可以煮出清甜的湯底。

煮了五年，我擁有了自製湯底小撇步，用超便宜的食材，就可以代替貴貴的湯包。不只有湯底，好吃的照燒醬、賽螃蟹、賽鮑魚，都只需要唾手可得的廚房常備品就能完成；如果想吃個小火鍋、小年菜，全都可以立刻變出來。

私廚祕法！5 種取代貴貴食材的方法

1. 昆布高湯 + 乾辣椒 = 神奇高湯

最簡單的馬鈴薯燉肉，調味只需要醬油、味醂和米酒，但如果加入昆布一起熬煮，味道就會變得很有層次。昆布香提出肉香，一層一層很豐富。然而還有更厲害的法寶，就是「乾辣椒」──我的常備乾貨。它不用冰、能保存很久不會壞，煮湯丟一把，淡淡的辣味刺激口水分泌，整鍋都超好吃。

2. 絞肉＋蔥＋韓式辣椒粉＝神之韓式泡菜湯底

韓式鍋底好吃的祕訣，就是煮湯前先炒豬絞肉。用蒜末爆香豬絞肉，再加入蔥末、韓式辣椒粉一起炒，接下來煮出來的湯底就會非常濃郁。不管放什麼進去煮，都會非常好吃，例如豬肉片、豆腐、泡菜、蛤蜊等，湯也鮮香美味。

3. 賽干貝

杏鮑菇肥肥嫩嫩的口感與干貝十分神似。用奶油乾煎之後，甚至可以超越干貝，因為杏鮑菇很彈，不會乾柴也不會有腥味。用刀把杏鮑菇切成厚片，切得像是干貝一樣，然後輕輕地在正反兩面刻上十字菱格紋，煎出來真的超級像，與干貝別無二致。

Recipe ☆ 杏鮑菇賽干貝 ☆

【材料】：奶油1大匙（或奶油塊）／杏鮑菇數條／鹽巴適量／醬油適量

4. 賽螃蟹

相傳古代慈禧太后在沒有海的地方突然想吃螃蟹，御廚就急了，沒有海要去哪裡抓螃蟹？於是御廚們突發奇想，用雞蛋、鹹蛋、薑汁等，做出了這道「賽螃蟹」，口感和味道都跟真螃蟹很像。我嘗試過後，覺得御廚們真的太厲害了！這簡直就是古代的創意料理。攪散的蛋白很像蟹肉、鹹蛋及蛋黃很像蟹膏，而醬汁才是重點，薑末與醋配上醬油，完全就是海鮮的味道。而且這道菜的成本超便宜，隨時都可以吃到媲美秋蟹的賽螃蟹。

做法是用鹹蛋與蛋黃當成蟹膏，再製作薑汁醬提出鮮味，接著把蛋白攪碎作為蟹肉。有兩個小技巧：建議可加太白粉水製造勾芡，最後加上蘿蔔末作為蟹膏點綴。

Recipe ☆ 賽螃蟹 ☆

【材料】：雞蛋 3～5 顆／鹹蛋 2 顆
【薑汁醬】：醋 1 大匙／醬油 1 大匙
薑泥 1 小匙

真螃蟹　　賽螃蟹

5. 照燒醬

　　甜甜鹹鹹的照燒醬，其實可以用蜂蜜、醬油、砂糖簡單製作。建議用1：1：1的比例作為基底，也可依個人口味喜好調整。此醬可以刷在肉片上、蔬菜上，也可以用來煎雞排煎到收汁，雞排會變得非常好吃。甜甜鹹鹹的照燒醬，不論是煎炒都適合，用來烤肉、沾炸物也很棒！它非常地萬用，學會之後，就不用去買專門的照燒醬或烤肉醬了。

先將雞排煎熟，再放入加水煮滾的照燒醬中煮到收汁，就變成好吃的照燒雞排和淋飯醬汁了！

1500元吃1週，1人菜單規劃

　　一個人一週吃 1500 元，好像也沒有特別省錢，尤其所謂的一週，還可能只是一到五的上班日。但這是個很棒的影片標題，點閱率也會非常高，因為有好多個數字在裡面。

　　其實最省錢的方法是，每天晚上八點之後，到便利商店買即期的御飯糰、便當、粥，全部打 65 折，三餐加起來不用 200 元，隔天可以吃一整天。我最喜歡買小龍蝦沙拉三明治，不過腸胃不夠好的人千萬不要這樣做，因為這些食物，在當天半夜十二點就過期了。

　　一開始，我其實沒有定下「1500 元」這個金額，因為我是那種很討厭束縛和規則的人，買家具也不愛看說明書，

如果要照著某個限制買菜,那我會很痛苦,只是我發現,每次去全聯,收銀機的金額只要超過 500 元,我就會有點心疼。為了不要太心疼,我每次都會在心裡算一下金額,大概在 500 元以下就去結帳。如果一週大約去三次全聯,加起來大概就是 1500 元。所以對我來說,1500 元,只是一個比較不心疼的數字。

人生中的很多事,
都只是為了不要心疼而開始

一週去三次全聯幹嘛?有一陣子我真的把全聯當百貨公司在逛(直到我發現傳統菜市場的菜便宜很多才停止,不過全聯的金針菇還是最便宜的)。除了不想看到超過 500 元的數字之外,主要是週一的我,也沒辦法預測週五的我想吃什麼。

我曾經在一週的開始,就興致勃勃地寫好整週的菜單,結果只是把自己累個半死。因為如果沒做到的話,

心中就會有一個疙瘩,好像有什麼待辦事項沒完成一樣。那種感覺很不好受,甚至如果突然得加班,都會想到冰箱的食材今天再不吃就要壞了、感到憂心忡忡。

真正的一週 1500 元菜單,應該是滾動式調整的

如果想要自己煮一週,我們得有一個主食,這週就繞著這個主食,慢慢變化出每一頓菜色。而且,一次考慮的份量應該是兩至三餐的量,一起把食材消化完。最浪費的方式,就是每次只考慮一餐,因為光是買食材,金額就會是一個便當的兩三倍。真正每天自己煮的人,都是可以舉一反十、目光長遠的人。

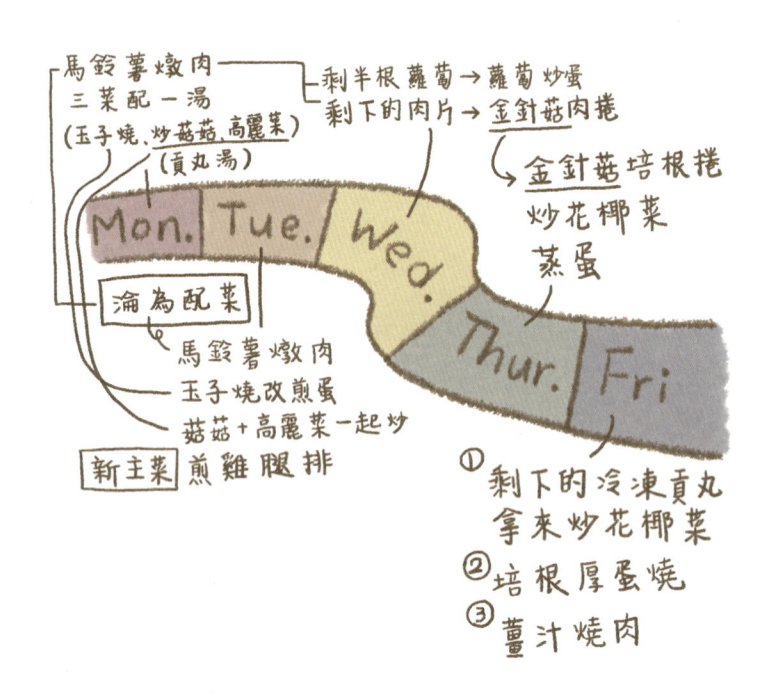

馬鈴薯燉肉
三菜配一湯
(玉子燒、炒菇菇、高麗菜)
(貢丸湯)

剩半根蘿蔔 → 蘿蔔炒蛋
剩下的肉片 → 金針菇肉捲

金針菇培根捲
炒花椰菜
蒸蛋

Mon. Tue. Wed. Thur. Fri

淪為配菜

馬鈴薯燉肉
玉子燒改煎蛋
菇菇＋高麗菜一起炒

新主菜 煎雞腿排

① 剩下的冷凍貢丸拿來炒花椰菜
② 培根厚蛋燒
③ 薑汁燒肉

Mon.

馬鈴薯燉肉，三菜配一湯（玉子燒、炒鴻喜菇、炒高麗菜、貢丸湯）。

Tue.

馬鈴薯燉肉淪為配菜，玉子燒改成煎蛋，鴻喜菇和剩下的高麗菜一起炒。拿出冷凍雞腿排，又是個好便當。不但能消耗剩下的食材，還能有新變化。

Wed.

馬鈴薯燉肉吃完，只剩下半根蘿蔔，做成蘿蔔炒蛋。

還好肉片還沒用完,拿出金針菇做成金針菇肉捲消耗掉吧。啊～晚上得去買點菜了。

Thu.

冷凍庫還有培根,與剩下的金針菇做成培根捲當作主菜。新買的打折花椰菜,與剩下的蘿蔔一起炒,還算健康。再做一格蒸蛋,就不會太寒酸。

Fri.

呃……冰箱快空了,還剩下冷凍貢丸,剛好拿來炒花椰菜。貢丸炒花椰菜配上培根厚蛋,再煮一道薑汁燒肉,這樣算不算是有肉有蛋又有菜?

花 1500 元吃一週三餐也可以！

一週菜單規劃表

	早餐	午餐	晚餐
一	合計 $84	合計 $98	合計 $105
二	合計 $40	合計 $80	合計 $84
三	合計 $100	合計 $70	合計 $90
四	合計 $44	合計 $90	合計 $69
五	合計 $35	合計 $90	合計 $70

週末在家,用冰箱剩下的食材,
輕輕鬆鬆一鍋到底,看起來還超級好吃。

韓式豬肉豆腐鍋 六

肉片 $30
豆腐 $20
金針菇 $10
雞蛋 $4
白飯 $5
豬絞肉 $10
蒜頭 $5
鴻喜菇 $25

合計 **$109**

韓式石鍋拌飯 日

雞蛋 $4
白飯 $5
肉片 $30
蔬菜 $20
豆芽菜 $10
蘿蔔 $5
鴻喜菇 $15

合計 **$89**

一週花費約 **$1347** 元

料理之心，人皆有之

每個人都有自己的料理方式，即便是吃泡麵，每個人也有自己的獨門技巧。而我這個方法，能讓一碗泡麵有三個層次：蛋液、熱湯、熱湯混合著蛋香。

\ 安安的獨門泡麵 /

1. 將麵稍微煮軟,然後拌開。

湯匙2支

蛋2顆

2. 打入兩顆雞蛋,讓蛋落在微軟的麵上,不會沉下去。

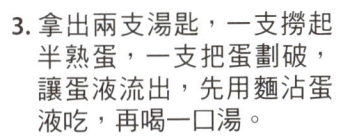

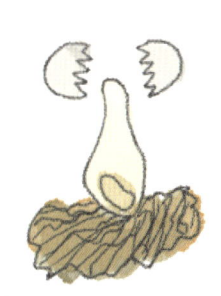

3. 拿出兩支湯匙,一支撈起半熟蛋,一支把蛋劃破,讓蛋液流出,先用麵沾蛋液吃,再喝一口湯。

STEP 1

水滾後把麵煮三十秒至微軟狀態,用筷子稍微夾一夾,讓麵中間有一點凹下的弧度,來承接整顆蛋,才不會打蛋後掉下去就破掉而沉到底部。

STEP 2

直接下兩顆蛋煮到半熟,這樣就已經完成了一半。

STEP 3

關火後,用一支湯匙盛起第一顆蛋包,再用另一支湯匙輕輕劃破它,黃澄澄的蛋液會流出來,沾麵超好吃的!

STEP 4

夾一口麵沾取湯匙裡的蛋液,吃下驚人的第一口。

STEP 5

第二口更經典,這時候第二支湯匙就很重要,拿來撈湯,就能吃到濃稠的蛋液泡麵,配上熱騰騰的湯。

STEP 6

夾一口麵,在第一支湯匙的蛋液裡沾拌,再用第二支湯匙撈一口熱湯一起送入口中,這是極致的美味。

現在,可以毫無懸念地喝湯了。湯匙上的蛋液融進湯中,湯頭會變得超級濃郁。這時候再劃破第二顆蛋,蛋香四溢,層次如同在吃拉麵。只打一顆蛋的話,每次都會捨不得吃完,這就是需要兩顆蛋的原因。

　　每個獨門吃法,都來自於前一次的可惜。沾不夠的蛋液、對蛋黃泡麵湯的意猶未盡,造就了終極的獨家祕技。

各種煮菜的人類

　　就像我獨門的「兩顆蛋泡麵」,每個人都有自己的獨家煮法,這全都是藏在市井巷弄中的神奇美味。畢竟料理之心,人皆有之,只是不確定好不好吃,所以不好吃也沒關係,我們煮的是一種個人風格。有人煮菜像科學家做實驗,精準到分毫不差;有人總是手忙腳亂憑感覺,成果卻出乎意料地棒。許多電影裡,都有著一位「煮得很特別」的角色,像是《料理鼠王》中的廚師小林、《雞不可失》裡的緝毒小組賣炸雞,還有最著名的金城武專業煮泡麵。每個角色之所以經典,都在於他獨特的性格,有了不同的性格,才會衍生出多元的料理風格。

\ 手忙腳亂的人 /

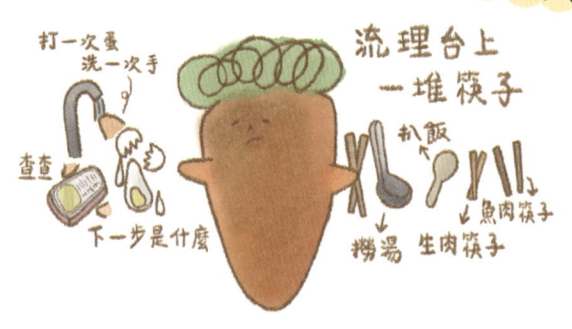

打一次蛋
洗一次手

查查

下一步是什麼

流理台上
一堆筷子

扒飯

撈湯　生肉筷子　魚肉筷子

\ 煮菜像在做像實驗的人 /

分毫不差

結果只是
青椒炒肉絲

精準測量

\ 倒湯恐懼症 /

最怕倒湯…

抖

粉紅塑膠繩
是大魔王!!

\只會煮泡麵的人/

煮個泡麵也原則一大堆

3分鐘煮透

先拿出盛盤

將透未透

倒入熱水

\暗黑料理女友/ 哇～怎麼變這樣^^

煎壞的煎餃

黑掉的饅頭

一鍋子的炭溶進去了耶

還有救嗎？

炭香味的鳳梨果醬

有一種美食叫台式幽默

一個人與樓下早餐店老闆的緣分，始於搬來、終於搬走。如果一直沒搬家，那可能比同學要久、比朋友還頻繁、比家人更和諧、比情人更穩定，他甚至是第一個教會你人情世故的人——為你親身示範：頭也沒抬，看也不看，帥哥美女喊得超級自然。

如果老闆還記得你愛吃什麼，那基本上就包辦了你這輩子的早餐——只要你不搬家。尤其是從小吃到大的那一間，在這裡你不是帥哥美女，而是一輩子的妹妹弟弟。只要踏進門，就好像我們不曾長大，你永遠是小時候那個拿著銅板來買早餐的小朋友，而早餐店，就是幾十年屹立不搖的家。

在一天當中那個頭最昏、腦最脹，好不容易起床卻不想上班的混沌時刻，只有早餐會讓人義無反顧地出門。早餐店裡，通常是老闆娘負責點餐，老闆負責站煎台。氛圍則是亂中有序、忙中有霸氣——嗷嗷待哺

古早味飯糰

的客人太多,這個要加辣、那個不加醬,考驗著老闆娘的記憶力;同時,老闆總滲透出一股不差你這點早餐錢的阿莎力。

　　我最愛的早餐,是台式飯糰加蛋。就是用長糯米包著油條、肉鬆、菜脯的那種飯糰。長糯米要蒸到變成略帶透明的深米色,看起來微乾偏硬。這樣的糯米,細細咀嚼,能把飯的鹹香由澱粉慢慢嚼開,整個口腔都是米芯的香氣。再咬下被水蒸氣燜得微軟的脆脆油條,剛剛好沾上一點菜脯和肉鬆,太搭了!就算是邪惡的薯餅蛋餅也無法超越。

　　除了美味早餐,台灣老闆們的台式幽默才是主菜。在外面吃飯,最有趣的就是你靜靜吃著自己的東西,然後一齣齣可愛的小短劇就會在眼前突然上演。以下的真人真事台式實境秀,看過都會想和老闆做朋友。

實境秀 01
退隱江湖的早餐店老闆

（於內湖某早餐店）

早安美而美

我下個月要退休回去享清福啦

太恭喜啦！我也打算準備退休

什麼？退休你要去哪？

回去江湖啊

...？

實境秀 02

老闆瘋起來，就沒奧客的事了

（於忠孝敦化站某麵店）

老闆！這豆皮太鹹我怎麼吃？
我要退費!!

我連吃都不吃

實境秀 03
活潑的麻辣鴨血

(於饒河街)

> 那個綜合臭豆腐跟鴨血臭豆腐有什麼差別？

> 綜合的比較活潑

??

實境秀 04

飲料店的店員都記得我喝什麼

（於某知名飲料店）

> 你要喝什麼？多多綠？珍珠奶茶？

> ㄟ...我想想

> 沒錯沒錯 謝謝

> 跟平常一樣 四季春無糖去冰齁

美食之都──台南，
是比阿嬤還怕你餓到的暖男

台南真的是嚇到我了，不只有牛肉湯多到不知道要喝哪一家這件事。第一次入住台南「康橋商旅」時，櫃檯人員說有提供免費的宵夜及早餐。我心想，宵夜大概也就是糖果餅乾，所以沒有抱任何期待，但在上電梯前，還是走到宵夜區看看。結果映入眼簾的是一整排在冒煙的熱食：酸菜白肉鍋、關東煮、辣滷味，還有飲料和冰淇淋？當下只有傻眼可以形容。這些是可以免費吃的嗎？台南的魄力真的很嚇人。

酸菜白肉鍋的白肉佔了半鍋以上，沒有在敷衍的！關東煮、辣滷味用料豐富，簡直可以直接出去擺攤，甜湯裡面還有滿滿的芋圓和紅豆。食材沒在客氣也就算了，湯頭竟然還熬得超鮮甜。明明才剛吃完沙茶爐和牛肉湯、肚子已經很飽了，但最後我還是在上樓前，吃了兩碗酸菜白肉、一碗關東煮、一小盤辣滷味、一小杯甜湯，以及一支冰淇淋作為結尾。

飽到隔天還沒消化完畢，免費的早餐更是沒有要放過任何人。自助吧是一盤盤鍋氣十足的台菜；還有現沖牛肉湯喝到飽、現煎蛋餅和蘿蔔糕，最扯的是還可以指定要「煎到恰恰的」。他管你要來台南幹嘛，反正就是不可以餓到，還有不能不知道台南人廚藝高超。

除此之外，甜點也沒在馬虎，冷凍櫃裡放的是明治冰淇淋，旁邊還有一桶甜筒餅乾，和一整排不同口味的麥片。在挖冰淇淋的時候，眼角餘光會很自然地瞄到一張特地護貝的 A4 紙告示牌：

> 冰淇淋 + 麥片 = 好吃
> ice cream + cereal = delicious

好的，我現在只想知道，這張紙到底是誰寫的？我完全可以感受到他對於這個獨門吃法的執著。關於「吃」這件事，整個台南是徹底說服我了。這種感覺，就像你一開始

沒有特別心動，卻在不經意間，被一次一次打動，最後等你發現的時候，已經愛上了。在各種飲食細節裡，你會輕輕地感受到台南人對食物深深的堅持。他不會用大張旗鼓的方式逼迫別人接受，但他會在每一個小小的時刻，告訴你他為什麼這麼做。無關乎賺不賺錢，就只是他覺得這樣吃很不錯，而你既然來了，就不能錯過。

世界上最難說出口的話

世界上最難說出口的三句話，第一句是對不起、第二句是我愛你，第三句是「我不要蒜頭不要蔥不要香菜不要太鹹，小辣、要胡椒、要一點辣椒醬。」就因為每個人對口味都有自己的要求，所以在外吃飯時，如果遇到以下這些優秀店家，心情就會特別地好。

1. 會問「粗麵還是細麵」的麵店

這展現了店家的絕對品味，他們很在意麵條的形式表現。細麵可以吸附滿滿湯汁，還會沾到剛剛好的辣椒醬。夾起來剛剛好是一口，

不會吸得亂噴亂飛,牙齒切斷麵條的口感超級棒。宜蘭「大麵章」的麵條細緻而 Q 彈;台北市文山區「阿卡乾麵」的細麵,與微辣的肉燥搭配得超涮嘴,是細麵的王者。

2. 附上油條的粥店

油條才是粥的本體,個人認為,沒有加油條、或改用魚酥,都是對粥的不敬。我在高中旁邊小吃街的「大中華粥麵館」吃到了人生中第一碗加了油條的粥,再淋一點點辣油,真是人間美味。從此再也無法接受沒有油條的粥。

3. 加了特別多香菜的米糕、肉圓、麵線、貢丸湯

有人天生討厭吃香菜,而我則是超喜歡,如果肉圓、麵線沒加香菜,那根本就是人間可惜。台北市內湖區湖光市場的「成功肉圓」當屬肉圓界傳奇,將滿滿餡料的肉圓先蒸後炸,不會炸得太酥,保留了皮的 Q 彈,再撒上滿滿的香菜,堪稱絕品。

4. 起司蛋餅不是切開,而是把尾端摺起來以防起司流出來

起司蛋餅怎麼可以切?這樣起司會流出來欸。我這輩子吃過最特別的起司蛋餅,是把蛋餅皮捲起來以後,再用煎鏟把蛋餅皮底部往上摺起來,讓起司不要流出來。

念高中時,每天早上有一位老婆婆會推著餐車在校門口前賣蛋餅,我們都叫她蛋餅婆婆。我每次都會點辣味起司蛋餅,她會在把蛋餅包起來之前,就把辣椒醬非常均勻地塗在蛋餅內部,以致於起司融化後,會跟辣椒醬纏綿在一起。每一口咬下去,都是完整的辣度和起司的綿密。但是在畢業之後,就再也沒有看過蛋餅婆婆了,我非常想念她。

5. 去火鍋店,看到乾乾淨淨的醬料區,我就特別開心

到火鍋店,如果看到有兩排乾乾淨淨的醬料,而且蔥花和辣椒末都超過八分滿,那這一家店在我內心的

評價就會超級高。一缸一缸鮮豔的顏色，彷彿會激起腎上腺素，讓人心臟怦怦跳，涮的肉也好吃十倍。像內湖「卡拉拉涮涮鍋」的醬料區就很棒，獨門醬料味道絕佳。一定要照著老闆娘的吃法，用烤肉捲起洋蔥生菜，再加上醬料一起吃，真是人間美味！

火鍋醬料調配小撇步

- 第一種 胡麻之神：蒜末＋胡麻醬＋醬油＋芝麻＋辣椒末
- 第二種 清爽小麻辣：蒜末＋醬油＋辣椒末＋蔥花
- 第三種 經典沙茶：沙茶醬＋醬油＋蘿蔔泥＋蒜末＋蔥花

6. 明明是早餐店，卻提供辣油、豆瓣辣椒醬、醬油生辣椒三種沾醬選項。

7. 雞肉飯不是淋醬油，而是淋雞油。

8. 牛肉麵店有附橘色的牛油和自己炒的酸菜。

9. 點荷包蛋，老闆會問「半熟還全熟」。

10. 點薯餅，老闆會問「要加番茄醬還是胡椒粉」。

11. 點乾麵時，老闆調味精準地加到了「小辣」的程度。

人生第 1 個便當，
和後來的 50 個便當記錄

開始為自己做便當後，我終於知道，為什麼日劇裡面的便當菜，第一道都一定是馬鈴薯燉肉，因為它真的最簡單、最好做。

第一次上班的時候，我買了一只快煮鍋，想體驗看看日劇裡面演的，一個人在外獨立過生活。我的第一個便當，就是用那個便宜又爛的快煮鍋完成的。

全聯買的肉和醬油、食譜上說要加的味醂,那時連份量都還搞不清楚,管它的,全部加進去,就直接用那一口小鍋燉了四十分鐘。為什麼是四十分鐘?因為那是每五分鐘就嚐一口得出來的結果。燉了四十分鐘,肉軟了、馬鈴薯鬆了、蘿蔔的生味也沒了,正式好吃的時候!所以不像網路上說的二十分鐘,我的馬鈴薯燉肉總是要花四十分鐘。

　　後來我還發現,太瘦的肉片燉起來會很柴、五花肉油脂太多又太厚,梅花肉燉起來比較好吃。除此之外,加乾辣椒一起燉更是人間美味。每一次的小發現,都代表了一點點的小失敗。而自己煮最特別的地方是,不管再怎麼失敗,都會想把它吃下去。就算燒焦了,我也會把變成黑炭的地方剝開,然後吃一口看看。

　　慢慢地,我學會了從買食材就一路考慮到廚餘好不好清(所以最討厭買蝦子)、也頓悟了煮太多的下場比吃不飽還麻煩,就這樣開始習慣自己煮飯燒菜。沒有所謂的很拿手,也沒有所謂的特別喜歡,只是感覺好像在那個小套房裡,只要有一把菜刀、一只快煮鍋,我就會有一片浩瀚的天空,而且不再討厭吃蘿蔔。

50 個便當全記錄

回頭看每一個便當,都代表著一天的故事。

便當全記錄

小車魚香腸便當	古早味滷肉便當	醉邦豆腐便當	菇菇炊飯便當	泡菜炒菠菜便當
泡菜炒肉便當	鮭魚炒飯便當	牛肉南瓜便當	沙茶牛肉便當	古早味素食便當
古早味雞腿便當	陶瓷燉飯便當	減脂豆腐便當	減脂肉片便當	雞排青椒便當
腐飯捲便當	炒肉豆芽便當	香腸炒飯便當	辣椒炒雞肉便當	鮭魚煎蛋便當
牛肉咖哩便當	起司咖哩便當	豆腐蔬食便當	鮭魚半熟蛋便當	破紋薑燉肉便當

重複的食材，卻可以做出很多種不同的便當。

便當全記錄

和風雞排便當	鮮蝦雞蛋便當	雞排櫛瓜便當	香腸煎蛋便當	鮮蝦雞蛋便當
蛋包飯便當	肉醬蛋包飯便當	煙燻鮭魚便當	雞肉沙拉便當	小飯捲便當
和風雞肉便當	王子燒珍飯便當	古早味肉排便當	菠菜炒蛋便當	金針菇肉捲便當
油煎雞排便當	煎鮭魚蝦便當	炸豬排便當	辰钱菁菇肉便當	小黃瓜炒肉所便當
雞蛋飯糰便當	義大利麵便當	蒸鮭鯖魚便當	雞蛋蔬菜便當	肉醬義大利麵便當

50道早午晚餐全記錄

在家吃的早午晚餐，不知不覺就累積成了每一天。

早午晚餐全記錄

韓式泡菜冷麵	奶油香腸鬆餅	火烤小飯糰	韓式辣炒年糕	韓式石鍋拌飯
榆釧鑲肉	蝦仁珍蛋餐盤	青菜雞蛋餐盤	牛肉堆	麻辣豬血鍋
牛奶麥片早餐	草莓奇異果餐盤	培根煎蛋早餐	蛋餅便捷餐盤	雞肉親子丼
古早味雞腿飯	榆釧麵線	吐司烤布丁	鮮蝦拉麵	堅菓鈴鈴蛋包飯
南瓜雞肉咖哩飯	和牛鮮蝦泡麵	鮮蝦湯麵	韓式烤肉定食	酸菜白肉麵

慢慢會擁有一套自己的清冰箱法則。

早午晚餐全記錄

韓式辣牛肉湯	韓式糯米雞	刺辰辣椒火鍋	苦瓜排骨湯	馬鈴薯燉肉
韓式豆腐鍋	初戀義大利麵	雞白湯拉麵	蝦煎蛋餅	馬鈴薯燉肉定食
部隊鍋	沙茶熱炒定食	韓式辣豆腐鍋	豬肉小火鍋	日式小火鍋
奶酥厚片	起司辣雞麵	排骨湯定食	鮮蔬小火鍋	腐竹小火鍋
奶酥街屋拿鐵	培根炒高麗菜	什錦煎餅	水餃	五干脆豆炒飯

怦然心動的便當與令人沮喪的便當

辦公室裡，每個人的便當都有自己的風格，而且每天不會差太多：三菜一湯風、主餐撐場風、昨晚剩菜風、清冰箱炒成一鍋風……等。有時甚至可以一眼看出：「喔！這是某某同事的便當吧？」再看看時鐘，十一點就拿出來準備微波了啊，手腳真快！（結果還要排隊，因為微波爐已經有兩顆便當搶先。）

這麼多種便當，有一種，是便當界的神話，打開時心臟會撲通撲通地跳，有怦然心動的感覺，那就是──雙主菜便當。經過一晚的冰鎮，再怎麼好吃的菜都會變軟、變爛，脆皮也都不脆了；但只要一打開蓋子，看到「雙主菜」，好像整個便當都變好吃了呢！

「擁有要吃哪樣菜的自主權」讓人感覺特別期待。日子裡有許多不得已，但我有選擇菜色的權利。謝謝雙主菜，與雙主菜的配菜，給了普通的午餐時間，一種美好的期待。

＼ 怦然心動的便當 ／

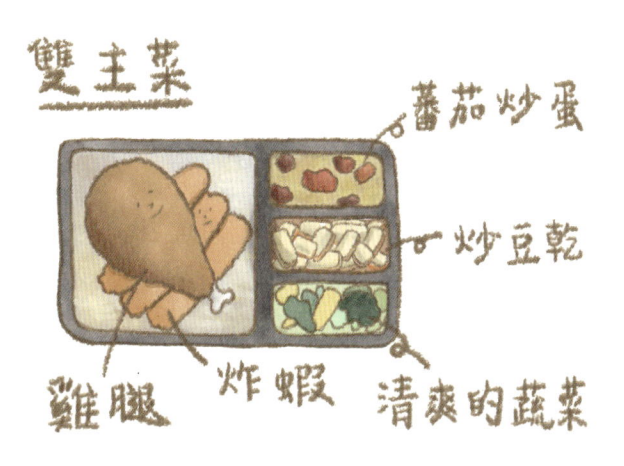

雙主菜

- 蕃茄炒蛋
- 炒豆乾
- 清爽的蔬菜
- 雞腿
- 炸蝦

＼ 令人沮喪的便當 ／

- 露出魚刺
- 三色豆…
- 小黃瓜…
- 沒有鹹蛋的苦瓜…
- 昨天剩的魚排
- 昨天剩的豬排

而最令人沮喪的便當，則是有三色豆的那種便當。三色豆惡名昭彰，是便當界裡的知名反派角色，必殺技是混在蒸蛋裡，強度可以毀了整個午休時光。

如果不小心買了一包三色豆（例如我以為可以做出古早味便當……）那冷凍庫完蛋了，空間都會被佔滿，因為消耗速度很慢。所以我研究了五種處理掉三色豆的方法附在後面，希望也可以幫你挽救冰箱。

就算沒有三色豆，還是會做出令人沮喪的便當。冰了一天的枯黃蔬菜，還有一眼就看出來是昨天晚餐吃剩的、形狀不完整的煎魚，都會讓人很沮喪。最後請留意，葉菜類很危險，不僅容易枯黃，還可能會讓整個便當臭臭的。我記下了五種看起來不好吃的葉菜，還有十種看起來永遠翠綠的蔬菜。以下分享給你，希望你的每一顆便當，都能讓人怦然心動！

令人沮喪的便當──枯黃的菜

冷知識 蔬菜裡有葉綠素，才會是漂亮的綠色。在加熱過程中或酸性的環境下，葉綠素中的鎂離子會被氫離子取代，這是「脫鎂反應」，會使原來的綠色轉變為枯黃的橄欖綠。

（資料來源：農業部－農業知識入口網）

5 種便當裡容易枯軟的葉菜

1. **菠菜**：加熱後會爛爛的，葉綠素還會溶到白飯上。
2. **小白菜**：打開便當時會有一個不太友善的菜味。
3. **青江菜**：青江菜比較適合煮火鍋。
4. **空心菜**：好吃的脆度都沒了，會變得軟軟爛爛的。
5. **絲瓜**：絲瓜一出水，就會把整個便當都弄得糊糊的。

10 種帶便當新鮮好吃的蔬菜

1. **炒豌豆**：切碎後拿來炒飯，能讓每一口都有豐富的口感，非常推薦。
2. **炒花椰菜**：清炒花椰菜容易吸油，如果放了一夜，也容易發現它泡在油水裡面。但只要放在能濾掉油的便當盒裡，就不會有這個問題，花椰菜不容易軟軟爛爛，非常適合帶便當。
3. **玉米筍**：它放隔夜之後，看起來完全不會有改變，而且用炒的或水煮的都可以。
4. **清炒筍子、滷筍子**：筍子是網路上聲量最高的便當蔬菜，用炒的、用滷的都會很好吃，是便當蔬菜第一名。
5. **滷白蘿蔔**：如果是水煮的白蘿蔔，那麼，在打開便當盒的時候，會衝出一股白蘿蔔臭味，所以建議要用滷的。
6. **香煎杏鮑菇**：肥嫩厚實的杏鮑菇，也是怎麼吃都好吃的蔬菜。因為它厚實的特性，所以也不容易變形。

7. **燉南瓜**：把南瓜煮成泥，拌入奶油義大利麵當中，會讓醬汁變得又香又濃郁，超級好吃。煮熟的南瓜塊也適合帶便當。
8. **滷蓮藕**：與五花肉、蘿蔔塊一起滷，會讓整鍋滷味變得非常好吃、口感豐富。
9. **焗烤小蘑菇**：把小蘑菇混入馬鈴薯泥再焗烤，就會得到超好吃的配菜，就算是冷了再吃，也一樣超級美味。
10. **金針菇肉捲**：金針菇肉捲絕對是便當菜冠軍，而且做法超簡單！只要用豬肉片捲起一小束金針菇，再煎熟或煮熟，並用鹽巴或醬油調味，就是一道超級棒的的主菜。

三色豆的處理方法
—— 把它們分開，或藏起來

1. 將玉米、青豆、胡蘿蔔分類好，就可以做成玉米炒蛋、胡蘿蔔玉子燒和青豆醬。
2. 把三色豆藏在馬鈴薯籤餅裡面，做成三色豆黃金馬鈴薯籤餅，馬鈴薯會讓它們變得很好吃。
3. 把三色豆包起來做成三色豆可麗餅，看不到就不覺得沮喪了。
4. 做成三色豆鮪魚蛋餅，有了鮪魚增加口感和香氣，用蛋餅包住的三色豆也變好吃了。

5. 將三色豆與絞肉或炒蛋一起包進水餃皮做成三色豆水餃，煮起來會透出美美的顏色，口感豐富好吃。

令人期待的便當菜色
1. 經典不敗的主菜王者：炸排骨、滷雞腿。
2. 炸物：炸雞塊、炸蝦，都是沒有人會討厭的主菜菜色，雖然微波後會有點變軟。
3. 令人驚喜的高檔食材：紅燒牛腩，連帶配菜都雞犬升天。
4. 偶爾換口味的驚喜菜色：炒米粉、焗烤義大利麵、焗烤燉飯，都是普通便當裡不會看到的菜色。
5. 有很多分隔的便當：多種菜色讓人很開心，如果有一種不喜歡吃，那還有其他的可以吃。

讓人沮喪的便當菜色
1. 蒸過會發黃的葉菜類：軟軟的綠色葉菜，不但會發黃，還會有個菜臭味。
2. 沒有味道的雞胸肉：味如嚼蠟。
3. 毫無新意重覆吃：馬鈴薯燉肉吃一天很美味，但吃到第三天的時候就不想吃了。
4. 吃不完的節慶食物或冷凍食品：粽子、油飯冰太久，只好拿來帶便當，要吃的時候都要過聖誕節了啦～
5. 跟前一天晚餐一模一樣的剩菜：讓人缺乏期待感。

I人與E人的便當

我喜歡觀察同事的便當。這同時也是一個很棒的話題。一起吃便當的時候，可以順便蒐集情報，誰不吃香菜或苦瓜；誰不吃辣、不吃牛、不吃羊，在這時候可以略知一二，之後聚餐時，就不會出錯。

便當菜色分隔很多、彼此切割乾淨的人，往往給我更細緻的感覺。雖然明明就是前一天的隔夜菜，卻每一道都看起來像今天早上剛煮好的一樣。「這個便當是早上起來做的嗎？太厲害了吧。」「沒有啦，都是昨晚吃剩的。」他們總是低調地這樣回答。

如果同事的便當混成一大碗、明顯看得出來是昨晚剩菜剩飯的話，就讓人感到平易近人──「他昨天在家裡吃了豆乾和炒肉絲，剩下的全部一起弄成炒飯啊，真聰明。」一邊想著，一邊彷彿可以看到他穿著寬鬆T恤在家裡飯桌上扒著飯，感覺特別親切。

E人的便當

- 雞腿自己啃
- 菜誰要誰拿去
- 小雞球分大家
- 滷蛋2半
- 小餅乾 白胡椒餅
- 切好水果分大家
- 巧克力
- 給下午快睡著的同事

E人的午餐時間──
又到了蒐集八卦的時候！（精神充沛）

習性 喜歡在午休前十分鐘就慢慢移動至冰箱拿便當，在茶水間等微波加熱，順便跟進來的同事聊幾句，在這短短五到十分鐘的等待時間內，剛好蒐集完一整天各部門發生的大小八卦。

菜色推薦 滷蛋、豆乾、小雞塊、炸雞球都是可以跟人家交換的優秀菜色，吃著吃著順便就交換了八卦。

I人的便當

- 固定的飯
- 炒時蔬
- 蝦仁蒸蛋
- 什錦炒肉絲
→ 都很難分別人

I人的午餐時間 —— 不要吵我。（精神充電）

習性 喜歡坐在自己的位子上吃便當。等大家都微波完、開始吃，再移動到茶水間短暫微波自己的便當，這樣可以避免跟別人一起等便當聊天。以致於午休開始後十分鐘，時常還能看到I人在位置上繼續工作，感覺特別勤奮。其實他們在等別人拿完便當。

菜色推薦 紅燒牛腩、馬鈴薯燉肉、炒麵、炒飯，這些都是別人靠近的時候，不會說出「分我一口」或「跟你交換」的菜色。

16型職場美食MBTI

　　職場裡臥虎藏龍，就像是一條百貨公司美食街，隱藏著許多狠角色！暖心同事就像小火鍋、人氣王同事就像排隊名店蛋糕、愛吵架的同事就像戰斧豬排⋯⋯。如果職場是一條美食街，那麼裡面一定有你遇過的角色。明明每個人個性都不同，但這些經典人物，卻一定會出現在你的身邊。而你又會是哪一道職場美食呢？

　　如果你有做過著名的「MBTI」性格測驗，是不是覺得驚人地很準？「MBTI」性格測驗用了93道觸碰人性的題目，讓你得知自己的人格類型。它將人類劃分為16種性格，並精準地描述了每一類人的思考邏輯、生存習性。而這16型人格，我們並不陌生，因為他們總是會出現在每一個職場裡。那麼，如果身在職場美食街，你會是哪一道經典料理呢？來看看屬於你的美食人格MBTI吧！

　　如果你還沒有測過，只要在網路上搜尋「MBTI測驗」就可以找到很多測驗網頁，讓你了解自己的性格。

做完 MBTI 性格測驗，你會得到一組由四個英文字母組成的結果，代表著你的性格標籤。四個字母分別表示了四種不同的意義，對性格進行了兩面的區分。

1. I 或 E：獲得能量或充電的方式──向內或向外

I 人 需要向內獲得能量充電，不是不愛社交，只是對他們來說會消耗電力。所以社交後的他們會想要自己待著，以獲取能量的補充。

E 人 能夠向外獲得能量補充，因此他們可以悠遊於各個社交場合當中。與人相處交談，對他們來說一點都不累，所以常被貼上「活潑外向」的標籤。

2. S 或 N：思考新事物的方式──實體或感知

S 人 面對新認知時，會非常快速地將大腦中的經驗拼湊成一張完整的拼圖，並以此作為判斷依據。這樣的人格特質，如果搭配夠多的經驗，就會構建出一個非常強大的決策系統，給人快狠準的感覺。

N 人 面對新事物時，是以想像為基礎來思考的。他們不需要用過去的事情來推斷未來的情況，也就讓事情多了很多可能性。

3. T 或 F：判斷事情的方式──理性或感性

T 人 判斷事情時，較不會被感情所左右，而會以現實情況、最佳利益來做分析，比較理性。

F 人 富有同理心，所以常會無法自拔地顧慮所有人的心情，久而久之就很難不被其他人影響。

4. J 或 P：面對事情的方式──計畫或隨性

J 人 喜歡事先規劃，這讓他們非常有安全感。不喜歡邊做邊想，因為未知的結局，會讓他們沒有繼續下去的動力。

P 人 能夠保持隨性開放的態度面對任何事情，就算遇到了突發狀況，他們也比較不會焦慮。

16 型職場美食代表

ISFJ 關東煮貼心同事

關東煮很會關心大家，是職場中的暖心小天使，天生有熱呼呼的心腸，但如果一不小心熱心變雞婆，就會燙到別人。

關東煮有黑輪、菜捲、油豆腐，各種食材可以滿足每個人的胃口。但有時候會太在意別人的眼光，只要有人覺得不

好吃，關東煮就會很傷心，拚命再端出米血糕、香菇、貢丸。

其實不用過度努力端出來，關東煮料多味美，大家都愛吃，自己會來夾。只要能控制好溫度別太燙，關東煮就會變成職場中的人氣王。

INTP 黑咖啡工程師

黑咖啡不加奶不加糖，一臉苦樣。其實是因為他喜歡靜下心來思考，所以讓人覺得不苟言笑。他個性很硬、有點自命不凡，認為奶茶紅茶都是沒品味的含糖飲料，靠著糖分過活，一點實力都沒有。

沒有人可以影響到黑咖啡的心情，他腦袋的邏輯清晰，美食街職場鬥爭完全跟他沒有關係。同時，他也懶得假來假去，有人約下班聚會，他會直接說：「我不想去。」連理由都懶得想。有人要訂飲料，他也會

直接說:「我不想喝。哪杯飲料能比我黑咖啡好喝?」

ENTP 麻辣鍋公司元老

麻辣鍋又嗆又辣、彷彿隨時要火山爆發。由於他是元老級人物,從公司草創時期就一直待到現在,所以沒人敢動他。可是因為他心直口快、太愛吵架,老闆一直沒有把他升上去。麻辣鍋雖然不滿,但吵架是他們的興趣,所以完全不願意改。日子太平淡,讓他們忍不住隨時隨地就辯論起來。

身為公司元老,麻辣鍋喜歡提出自己的新想法,常常覺得部門應該來點新挑戰。然而,他的想法總是三天兩頭變來變去,有時候講完,連他自己也忘記,所以許多菜鳥都對他摸不著頭緒。

能言善道、敢說敢做的麻辣鍋,如果能忍住自己的脾氣,就會是最內行又會炒熱氣氛的職場之王。最好吃的麻辣鍋,不管煮牛肉、豬肉、豆皮、鴨血,都能吸飽滿滿的鍋底辣湯、涮嘴好吃、讓人讚不絕口。

ESFP 浮誇甜甜圈老鳥

甜甜圈每天都會穿得超華麗去上班，衣服顏色特別鮮豔，大家的目光也都會在他身上。活潑外向愛聊天的他，喜歡擁有舞台的感覺，所以常常跟別人講話，講到激動處會掉很多屑屑。如果有人跟甜甜圈意見不同，他會立刻發動猛烈攻擊、噴出彩虹巧克力米，所以沒有人會想要跟他吵架。

高調亮眼的甜甜圈，常常在第一時間吸引到客戶的目光，但是因為顏色太鮮豔，最後不一定會被買走。如果誰買了它，就會感受到它那活力四射的光芒。

ENTJ 地獄拉麵小主管

地獄拉麵也曾經是一碗普通拉麵，但他為了升職，對別人苛刻、對自己也不手軟，往湯裡狂加辣椒，才變成了地獄拉麵。為了達到目的，他會不擇手段，對自己和別人都很嚴格。

可是因為他太辣了，沒有辦法融合其他食材的味道，因此大家都會聽他的，但不敢給固執的他什麼建議，怕會被辣椒波及。所以升上小主管後，地獄拉麵就一直無法再繼續升遷。如果這時候出現了競爭對手，他會不顧一切使出各種手段，要把對方拉下地獄。喜歡發號施令的地獄拉麵，如果可以減輕辣度、不要用辣椒淹沒所有食材，那麼就會變成一碗辣得剛剛好的硬芯拉麵，成為職場王者。

ENFP 拼盤披薩人氣王

拼盤披薩八面玲瓏、左右逢源，八片披薩就有八種不同口味。他們天生幽默風趣，跟每個人都可以聊上很多句。不管對方是什麼個性、喜歡聊什麼話題，他們都能夠端出一片最適合的披薩，讓人意猶未盡。常常看他跟某同事聊得像認識了八輩子，結果一問，他根本不知道人家名字。

開朗外向的拼盤披薩,朋友很多、生活也過得很有趣,但也因此很難專注在自己的目標上,容易有三分鐘熱度的情況。或許是太容易就受到大家歡迎、天生就能融入任何圈子,所以他總是逃避磨練和艱辛。

如果拼盤披薩能夠靜下心來,製作屬於自己的披薩口味,那麼他就會成為一塊最強的披薩,只需要一種味道,就能俘虜所有人的心。

INFJ 鹹蛋苦瓜揹鍋王

鹹蛋苦瓜的座右銘是「吃得苦中苦,方為人上人」,十分吃苦耐勞的他,最看不慣不公不義的事。骨子裡的正義感,讓他總是忍不住挺身而出,為同事、下屬要去跟上司拚命。結果棒打出頭瓜,鹹蛋苦瓜常常被主管視為眼中釘。

對鹹蛋苦瓜來說,對的就是對的、錯的就是錯的,當然要據理力爭、大聲到底。這樣的個性,讓自詡為正

義使者的他,常常變成了爭議使者,被主管修理。如果他能夠把又苦又鹹的直性子,加入一點點糖提味,讓每次的抗爭都溫柔一點,那麼聰明又有能力的他,一定會成為受到重用的臺柱大將。

INFP 奶油濃湯職場小白兔

奶油濃湯的口感滑順綿密,用最溫柔的方式撫平亂七八糟的職場。白淨高冷的外表下,藏著一堆好吃的火腿丁、馬鈴薯、花椰菜、蛤蠣肉……什麼都有、天馬行空,只看你有沒有撈到底部。

他們寧願躲在角落、假裝自己平凡又普通,卻不願意敞開心房跟人溝通。雖然嘴上說:「既然不了解我,那就不要來打擾我。」但其實他們內心渴望被看見,又不想受傷,所以用單調的白色來保護自己,隱藏那些五彩繽紛的才華。

他們太害怕別人的評價、太容易拒絕一點點的不一樣,如果能接納世上的千變萬化、也別預設沒人能理解他們的豐富想像,並且學會不被周遭影響,那麼他們的才華肯定會散發耀眼的光芒。

ENFJ 奶油龍蝦大主管

奶油龍蝦氣場強大，一出場就是主角，他們總是能霸佔全場目光，但絕非剛硬強勢，而是由實力與 EQ 堆疊出的王者風範。這樣的特質，來自於他們曾經潛心磨練，苦難造就了他們極強的抗壓性。

同時，基因裡的勇敢和慧根，讓他們沒有被過去的挫折打倒，進而成為眾人的中心，也懂得展現良好形象。因此，奶油龍蝦常常被拱出去面對大老闆以及大客戶，用高超的交際手腕贏得勝利。

好不容易爬上去的他們，漸漸忘了曾經一起打拚的夥伴，而汲汲營營於未來。雖然沒有不好，但或許有一天，他們會了解到，那些過往的情誼依然真實且重要。

ISTJ 軍艦壽司會計

做事一絲不苟的軍艦壽司，掌管公司的會計大權。報帳、請款、開發票，都要經過他這關。他從不犯錯，自己份內的事絕對做到完美，但也拒絕做任何別人的

事，因為那不是他的責任。

他喜歡有規律的生活時鐘，討厭任何人打亂計畫，所以對那些忘記給發票、都下個月了才來請款的傢伙，絕不會給好臉色。「規則都寫得清清楚楚了！為什麼不能遵守？」他完全無法理解那些造成別人麻煩的雷包。

軍艦壽司的出發點沒有錯，不過如果可以更加有同理心地帶動大家遵守規定，效果一定更好，大家也不會沒來由地懼怕他，讓場面雙贏，他也能贏得好人緣。

ESFJ 漢堡套餐職場老油條

漢堡套餐雖然油膩膩，但一個職場中沒有這樣的角色的確不行。他的外表是老油條，然而內在就像小孩子一樣，也偷偷把人類當作一種小孩子般的生物。任何的長官施加的壓力，都無法讓他產生負面情緒，他可以把那些情緒勒索的手法通通解開，所以常常變成上位者的心腹。

假日收到難搞的上司簡訊:「過來陪我一起加班!」一般人會說:「好煩!為什麼要這樣對我?」但漢堡套餐老油條會直接轉個彎:「他這麼討厭,家人都不想理他吧?好可憐,好吧,我去陪他加班,讓他消消氣。」

ESTJ 凱撒沙拉 PM 專案經理

凱撒沙拉看似清爽無害,實則野心勃勃、企圖心強,能夠長期堅守崗位,忍人所不能忍。從不遲到、從不請假、沒犯過錯的他,對於同事的錯誤也完全無法容忍,所以常常心直口快地糾正別人。

奴性堅強的凱撒沙拉,總覺得下一個升職的就是他,畢竟他表現如此優秀。但是因為暴躁和不願變通的個性,以致於他每次的升遷都等待很久。不過,那也沒關係,他可以等,任何困難都阻擋不了他。

如果他可以放下高高在上的刻板性格,更敏銳地去了解職場中的關係與問題,並且同理同事們的需求,那麼他將具有至高無上的掌控能力。

INTJ 西班牙燉飯加班王

西班牙燉飯總是能把公司那些複雜難解的千年老問題慢慢梳理出頭緒。他們擅於思考、歸類、分析、找答案。就算是全公司沒人敢碰的系統老毛病,他也可以花很多時間搞定。不是因為他愛拍老闆馬屁,而是因為他不相信,世界上有沒辦法解決的事情。解決問題是他的快樂來源,因此常常不小心就加班加到半夜,還忘記打卡報加班。

西班牙燉飯以自己的思考能力為榮,認為沒人像他一樣,層次那麼豐富。畢竟這些複雜問題只有他能處理,所以他認為自己很了不起、常常懶得聽別人講話,還會不自覺地打斷別人,要別人聽他的。

雖然沒有幾個人能像西班牙燉飯一樣奉獻下班時間來處理上班問題,還可以懂公司那套超爛超難用的千年系統,但是這不代表,其他人沒有自己的招。如果西班牙燉飯可以改掉高傲的態度,更謙虛地與人相處,那麼他就是職場中最不可或缺的人物(畢竟公司那個系統只有他會用)。

ISTP 紅酒燉牛肉 IT 獨行俠

紅酒燉牛肉總是認為自己高人一等,也討厭與同事有過多無意義的交流,所以放了許多心愛的公仔在桌上作為精神支柱,畢竟這堆同事還不如這些公仔懂他。

他們認為人類很愚蠢,所以只把情感投注在動畫、戲劇中,可以看電視看到爆哭,對身邊朋友同事卻冷冷回覆:「蛤?是喔。真的喔。」大家都覺得他很冷漠,一池深不見底的酒紅色,看不懂在想什麼。但其實他只是對知識和真理感興趣,熱衷於動手研究、把各種電腦機器摸透透。也因此雖然冷漠,他還是常常被大家拜託:「電腦又怪怪的!可不可以幫我修?」他冷冷地隨手一幫,又成為了同事間的傳說。

其實紅酒燉牛肉的心很軟,早已用紅酒把一整鍋牛肉燉爛,只看這個人類有沒有慧根,嚐不嚐得出它深沉的酒味來。

ESTP 牛排大老闆

牛排帶骨帶血三分熟，顏色生猛鮮紅。身為大老闆的他，最討厭小口咀嚼，也不喜歡慢慢吞吞躊躇不前，畢竟當初他就是靠著這股衝勁，打下了半片江山。嘗到成功滋味的牛排大老闆，強勢而獨裁，常常一開口就是要別人照著他的意思改。他一發爐，整條美食街都是他的油煙味。

超愛去參加各種商業活動應酬的牛排大老闆，每每聽到一些新名詞，例如 AI、機器學習、大數據、工業 4.0，就等不及隔天興沖沖地要全公司一起開創新世代。衝動火爆的他，鮮少有細膩的心思，時不時朝令夕改，讓員工們很頭大。還好大家都很了解他只是講講，沒幾天又忘了，所以繼續各司其職、各憑本事，在牛排大老闆底下做事。

ISFP 義大利麵設計師

義大利麵是傳說中隔壁部門的高手。因為不常看到他，所以大家都不太認識他，只聞其名、不見其人，對他的唯一印象，就是好像有很多厲害的成果，為公司得了很多獎。

眼光尖銳的他,有著獨到的審美品味,最討厭老闆提出的爛建議。什麼標楷體置中、字再大一點,真的是太醜了啦。厲害的是,義大利麵不會一直抱怨,而會先做出成果,再給老闆選。以退為進、先斬後奏,阻止老闆的爛意見。

雖然大家很想認識他,但是他很神秘,常常突然就請了兩週長假。偷看他的 Instagram,竟然又在國外打卡,而且不是普通的觀光勝地,他分享的照片總是很瘋狂。一下在跳傘、一下在浮潛、一下在滑雪,讓人不禁驚訝:「果然是隔壁部門的傳奇人物啊!」

資料來源

MBTI 全名為「邁爾斯－布理格斯性格分類指標（Myers-Briggs Type Indicator）」是喜歡心理學的美國作家 Katharine Cook Briggs 與女兒 Isabel Briggs Myers,以榮格的《心理類型》為基礎所提出的一套性格測驗。

換日線 Crossing:https://crossing.cw.com.tw/article/16158

I 人的沉穩力量

　　跟朋友們一起測 MBTI 的時候，大家好像都希望自己測出來是「E 人」，因為感覺上就會被貼上外向的標籤。雖然說「E 人」並不代表「外向」，而是指「向外獲得電量」，而「I 人」指的是「向內獲得電量」，但直覺上，我們總是希望測出來的結果偏向活潑又開朗。然而，不知道從什麼時候開始，「I 人」的網路聲量突然大了起來，甚至變成了一種新的潮流。I 人的真實、懶得偽裝，以及無限的內心小劇場，引起了巨大的共鳴，大家開始紛紛說自己是 I 人。

　　因為這個社會太崇尚合群，所以 I 人們常常會變得沒自信。這種「沒自信」，只為了符合社會期待而衍生出來的表象，其實，在他們向內獲得能量的長長歲月裡，已專注地鑽研他們真正感興趣的事情。只要進到他們的領域，沉穩的力量就是最強大的自信。再次回頭，很難說是否要感謝當初的「沒自信」才使人更加努力，但比起昭告天下的那種自信，這種隱晦低調的風格或許更有魅力。

你是哪一道上班族午餐？職場心理測驗

職場生活是世紀宮鬥劇，上班族的午餐則是世間難題。午休時間到，你是哪一道職場料理？測測你的職場應對力，是屬於哪一種口味派系？

Q.1 你平常會在家吃早餐還是帶到辦公室吃？

A 在家吃，因為家裡會準備⋯⋯▶ **Q.2**
B 在家吃，不喜歡在辦公室吃東西被別人看著⋯⋯▶ **Q.3**
C 帶到公司吃，提早到公司悠閒等上班⋯⋯▶ **Q.4**
D 帶到公司或邊趕路邊吃，因為早上太趕了⋯⋯▶ **Q.5**

Q.2 一大早突然說要開會，沒準備的你會怎麼辦？

A 好突然，應該跟我無關，躲邊邊滑手機也不錯⋯⋯▶ **Q.7**
B 太好了，有很多事情需要好好跟大家一起溝通一下，剛好就要開會，趁此機會討論清楚⋯⋯▶ **Q.3**
C 突然開會一點都不突然，根本就是常態。資料隨時都準備好了，拿了就能去開會⋯⋯▶ **Q.8**
D 直接去問主管開會的內容，如果跟自己無關，就詢問是不是可以不用參加⋯⋯▶ **Q.9**

Q.3 開會時,同事突然講了聽不懂的內容,此時你會怎麼做呢?

A 直接舉手問,請同事仔細說明一次 ⋯⋯► Q.9
B 轉頭偷偷小聲問隔壁同事 ⋯⋯► Q.8
C 先裝作聽得懂,微笑點頭帶過,等下再問別人 ⋯⋯► Q.12
D 聽不懂就是跟我沒關係,直接開始滑手機 ⋯⋯► Q.11

Q.4 主管檢討專案,突然有人把鍋甩到你身上,說是你造成的,你會怎麼做呢?

A 直接說明事情原委,不是我做的就不是我做的 ⋯⋯► Q.10
B 早就預料到會有這麼一招,立刻拿出準備好的證據,如對話截圖、email 截圖,讓對方嚇得趕緊解釋 ⋯⋯► Q.5
C 善良是種選擇,平時真誠待人,沒想到會遇到這種事,但沒關係,惡人自有天收 ⋯⋯► Q.11
D 先不動聲色默默揹鍋,會議結束後去找主管解釋 ⋯⋯► Q.12

Q.5 下午覺得有點餓,你會怎麼做呢?

A 觀察一下旁邊的人,趁大家不注意時默默去公司旁的便利商店買吃的 ⋯⋯► Q.11
B 呼朋引伴訂飲料,再揪幾個人去拿飲料,一個下午很快就過完了 ⋯⋯► Q.8
C 打開抽屜,裡面有滿滿的兩櫃零食,路過的同事還問說可不可以吃 ⋯⋯► Q.12
D 起身在辦公室裡串門子,順便晃晃看哪裡有吃的 ⋯⋯► Q.6

Q.6 突然想要訂下午茶，你會怎麼做呢？

A 慫恿其他人訂，等到大家都想訂，就叫裡面最菜的去訂，大家都吃得開心 ⋯⋯▶ 看 ❹ 雞腿便當

B 直接發訊息到群組或發信給整組問大家要不要訂，幫大家訂、順便再幫長官訂 ⋯⋯▶ Q.12

C 自己一個人訂 Uber Eats ⋯⋯▶ 看 ❶ 低 GI 健康餐盒

D 先問隔壁同事，等揪到團之後再問所有人 ⋯⋯▶ Q.10

Q.7 不熟的同事請你幫忙他的工作，你會怎麼做呢？

A 反正閒著也是閒著，幫一下也沒關係 ⋯⋯▶ 看 ❶ 低 GI 健康餐盒

B 委婉說自己還有別的工作，無法幫忙 ⋯⋯▶ 看 ❷ 剉冰

C 跟同事說：「沒問題，但是不知道主管同不同意，要發信來跟主管說明一下。」同事就會自己摸摸鼻子，說：「不要驚動主管，算了沒關係。」⋯⋯▶ Q.8

D 主動了解對方遇到什麼問題，教對方怎麼做，教完之後讓他自己回去做 ⋯⋯▶ Q.12

Q.8 下班後，突然收到主管寄來的急件，說要趕快修改，你會怎麼做呢？

A 先大概改一個版本來交差，隔天再認真改 ⋯⋯▶ Q.10

B 假裝沒看到，等到隔天再慢慢修改 ⋯⋯▶ 看 ❷ 剉冰

C 放下手邊的事立刻修改，而且要改到主管滿意的版本為止，這樣才能安心去睡覺 ⋯⋯▶ 看 ❼ 焗烤義大利麵

D 在公司群組中表明困難，找大家一起來幫忙 ⋯⋯▶ 看 ❸ 漢堡薯條

Q.9 下班前,主管突然說案子來不及了,突然增加你的工作,你會怎麼做呢?

- A 坐回座位上繼續默默地把工作做完 ‧‧‧‧▶ 看 ❺ 素食便當
- B 找同事一起來幫忙,要做大家一起做 ‧‧‧‧▶ 看 ❸ 漢堡薯條
- C 說明自己工作量大,請主管找別人幫忙 ‧‧‧‧▶ 看 ❷ 剉冰
- D 找到別的同事幫忙做,再跟主管報告 ‧‧‧‧▶ 看 ❹ 雞腿便當

Q.10 主管暗示你不准報加班,你會怎麼做呢?

- A 不管他,加班單一樣給它填好送出去 ‧‧‧‧▶ 看 ❷ 剉冰
- B 默默關掉加班申請系統,不敢報加班 ‧‧‧‧▶ 看 ❺ 素食便當
- C 拿出加班證據,讓主管同意後報加班 ‧‧‧‧▶ 看 ❻ 麻辣燙
- D 示弱裝可憐,讓主管捨不得 ‧‧‧‧▶ 看 ❽ 陽春麵+黑白切

Q.11 等電梯時,發現主管從後面走來,你會怎麼做呢?

- A 默默裝沒事離開現場,假裝沒看到 ‧‧‧‧▶ 看 ❶ 低 GI 健康餐盒
- B 默默地進電梯,看著電梯樓層裝沒事 ‧‧‧‧▶ 看 ❺ 素食便當
- C 和主管點頭問好 ‧‧‧‧▶ 看 ❼ 焗烤義大利麵
- D 和主管寒暄幾句、表達關心 ‧‧‧‧▶ 看 ❹ 雞腿便當

Q.12 聚餐時,沒人想坐在老闆旁邊,你會怎麼做呢?

- A 自己坐到老闆旁邊聊天講悄悄話 ‧‧‧‧▶ 看 ❹ 雞腿便當
- B 自然地讓老闆的愛將坐過去 ‧‧‧‧▶ 看 ❽ 陽春麵+黑白切
- C 直接坐在離老闆最遠的地方 ‧‧‧‧▶ 看 ❻ 麻辣燙
- D 安排大家的位子,還順便帶動現場氣氛 ‧‧‧‧▶ 看 ❸ 漢堡薯條

1 低 GI 健康餐盒

職場菜鳥小白

　　初入職場的你，就像低 GI 健康餐盒一樣，沒有調味、清清白白，十分天真沒有心機。你覺得只要把自己的事做好就好，現階段沒想過什麼升職加薪，那些職場權力鬥爭也輪不到你這裡。你對於名利很佛系，不想跟人爭來搶去。最不想的就是遇到主管或對到眼，開會時更最好不要被發現。對你來說，看到長官就像看到鬼，能在職場交到好朋友、一起玩才是最重要的事。如果感覺常常莫名其妙地被主管盯、被同事陷害，那麼可能要小心，上班需要多一點心機。

2
剉冰

冷冰冰的自我主義者

　　你就像是剉冰一樣冷冰冰，對於責任界線劃分很明確，平常我不犯人、人不犯我，不會去害別人，別人最好也不要來惹你。你並不會想跟任何人特別要好，合則來不合則去。對於職場的感想是，盡到本分就好。你不相信主管，也不相信老闆，更不相信那些升職加薪的大餅。所以對於加班、幫老闆處理雜事之類的多餘工作都很感冒，會想辦法拒絕。你的原則清晰明瞭，主管同事都心裡有數，因此也不敢隨便欺負你。

3 漢堡薯條

受歡迎的職場人氣王

　　你是所有人都愛的漢堡薯條，活脫脫的職場開心果，人緣很好。就算遇到狗屁倒灶的爛事，你也總能把危機變轉機，運用你超強的凝聚力，讓大家一起想辦法解決。原本的大麻煩，反而造就了同事們的革命情感。

　　有你在的地方就有向心力。你不會自己一個人埋頭苦幹，而是懂得呼朋引伴，也能拿捏好分寸、適度麻煩別人。老闆越討厭、主管越心機，越能顯現出你獨特的辦公室魅力。

4
雞腿便當

深知職場遊戲潛規則的老鳥

　　你就像公司旁邊那間大家最熟悉的雞腿便當，是大家的老戰友，與公司一路走了過來。所以，你早已熟悉整個職場的運作模式、看透了升職加薪的關鍵，也掌握了主管、老闆的軟肋，要在這個職場裡生存，對你來說根本游刃有餘。雖然你平常懶得跟他們演宮鬥劇，但是該演一下的時候，還是可以演得很到位。

　　其實，你最注重的是自己的事。你不會讓自己吃到半點虧，平常也不會與人逞兇鬥狠，只有黑鍋飛到頭上時，才會跳出來為自己發聲。

5 素食便當

不想與人爭，但懂看臉色

你就像豐盛的素食便當，擁有著超級營養的維生素。經歷過一些職場磨練，你已不是職場小白，懂得閱讀空氣、看主管臉色，同時對自己的職場表現有很多期許，希望自己能夠進步、能夠更有實力，反而對於升職加薪還沒有很強烈的欲望。

認真做事的你，並不熱衷於討好上司主管，只想以能力證明一切。需要跟長官打交道的時候，你會處於保守的狀態，能免則免，素食便當畢竟還是吃素的，但默默增強實力的你，或許即將踏進核心利益的權力鬥爭。

6 麻辣燙

職場小辣椒

　　你就像是麻辣燙一樣又辣又燙。不會糾結、敢作敢當，該怎麼樣就怎麼樣。你不會拐彎抹角地表達，有什麼事就直接講，心直口快愛嗆聲！

　　這樣的作風，讓喜歡你的人很愛你、討厭你的人很恨你，非常極端。直來直往的你，可能一開始是領頭羊，到後來卻也可能被上司打壓。切記別讓你的直爽變成了其他人的武器，反過來攻擊你。辣歸辣、燙歸燙，喝口水中和一下，你的職場魅力肯定是最強的。

7 焗烤義大利麵

工作優等生，有時濫好人

你就像綿密濃郁的焗烤義大利麵，溫柔又體貼，人人提到你，都會說一句「人很好」。你不但把自己的工作做得很好，也很樂於幫助別人，尤其如果遇到你擅長的事，那你就會有源源不絕的熱心。

這樣的好心腸，卻可能被有心人士利用，用各種話術讓你做他該做的事情，還可能被冠上濫好人的名號。熱騰騰的焗烤需要稍微放涼，對於那些愛佔你便宜的人，也該冷靜一點，不要對別人太好。

8
陽春麵 + 黑白切

老闆的心腹

　　你就像是不可或缺的陽春麵 + 黑白切，總是保持低調質樸不顯眼，卻是上司主管心中最依賴的愛將，而且最懂長官心中那點小糾結。該出現的時候，你絕對不會不見，該消失的時候，你一定給別人空間。說到人性，你比主管還要看得清晰、比對手還懂得扮豬吃老虎，所以對上對下，都掌握在手中。最厲害的是，你總是能神不知鬼不覺地控制所有事情，任何人都別想動你一根寒毛。你甩鍋時，人家以為你為他好；你拒絕時，人家以為你幫了忙。你是職場最高段位的高手，未來肯定是一人之下萬人之上。

兩點一線的終點：
時間可以熬出美味，時間可以沖淡一切

　　離職那天，總是會跟幾位同事，在公司的不同角落合照。我們都知道，每天見面的日子，即將要畫上句號。「記錄下今天的我和可愛的人們、喜歡的工作和不喜歡的工作。」在社群發佈照片，配著文字這樣寫。

　　沒錯，工作就是有快樂也有迷惘。在這個職位上，我們能追求社會的榮譽感，然而，卻為了那樣的榮譽感，磨耗著珍貴的人生時光。直到離職那一刻，才會深深地覺得，原來「喜歡」和「討厭」是可以同時存在的。在捨得和捨不得之間拉扯，上班，本身就是一種模稜好幾可。

　　離職的決定，最好是也無風雨也無晴。要說解脫，當初不也是拚盡全力才進來這裡？要說折磨，這的確是一場慢性病，囓咬著我們的人身自由。職場，是一個教會我們在消極裡積極、在模糊裡矛盾的地方，在這裡，我們理解了超乎想像的人性攻防。

然而,班還是得上過,就跟青春還是得蠢過、考試還是得考過一樣。上過班,才多嘗了一種人間滋味。你將學會如何在無意義的事當中保持努力、在有意義的事當中以退為進。

白天的小事,常常會在晚上繼續推想,就像熱炒後總會來碗熱湯,延續一口齒頰留香。可是早上的鍋氣,到晚上已經變成油膩,油煙味會沾染床鋪被褥,在你要睡覺的時候,用油耗味提醒你,以後要記得開抽油煙機。上班的事就留在上班的時候糾纏,下班還有下班的事要忙。每段時間的美味不一樣,同一把鍋子,能煮出不同的火花。

時間會熬出美味

「馬鈴薯燉肉」作為每個新手的第一道菜,並不是因為它是什麼代表溫柔賢淑的必備菜單,而只因為它真的很簡單——用煮火鍋程度的技巧,卻能做出一道便當主菜。所以,我也成為了會煮馬鈴薯燉肉的人。

我做馬鈴薯燉肉是四十分鐘、蘿蔔排骨湯是一個半小時、紅燒牛腩是兩個小時,每一個食材,都有它必須軟化的時間,如果等不及先吃了,那味道多少會有些打折。就像人生也有它該走過的時程,有些人的食譜要花很多時間備料;有些人的食譜,則講究用老火慢慢細熬。每一道料理,或長或短,都有一段不可忽略的等待。

時間會沖淡一切

　　湯是越煮越濃，茶是越沖越淡。好喝的茶不能沖太淡，人卻總希望時間能把一切沖淡。或許是過去太濃，才想沖淡一點；或許青春太稠，才想化開一些。如果你還會感到迷惘糾結，請好好珍惜這種感覺，因為，遇過太多人和事的長長歲月，總有一天會沖淡那些曾經的轟轟烈烈。

　　過了學生時期的熱烈，最戲劇化的，當屬身為一名上班族了，有血有肉還是行屍走肉，都可以自己選。或許終有一天，我們都要從上班這條路上脫身，所以在那之前，就用心品嘗這一口苦中帶甜，因為離開以後，就再也吃不到這等滋味。職場中嘗過的苦、讓我們以後吃什麼都更甜。

　　時間可以熬出美味、時間也能沖淡一切，曾以為痛苦會過去、成長會留下；後來才發現，成長也會過去，留下的，只有已經改變的人生軌跡。不同的選擇，造成不同的選擇權，所有的努力，只為了讓自己能保有多一點選擇的權利；在某些難關面前，還能夠二選一，而不是只有一條路、一眼望到底。上班決定了我們的薪水，下班決定了我們的人生，願所有的夢，活躍於日月不淹、馳騁於春秋代序，因為一輩子太長，長得有太多記憶。一生又太短，短得來不及忘記。

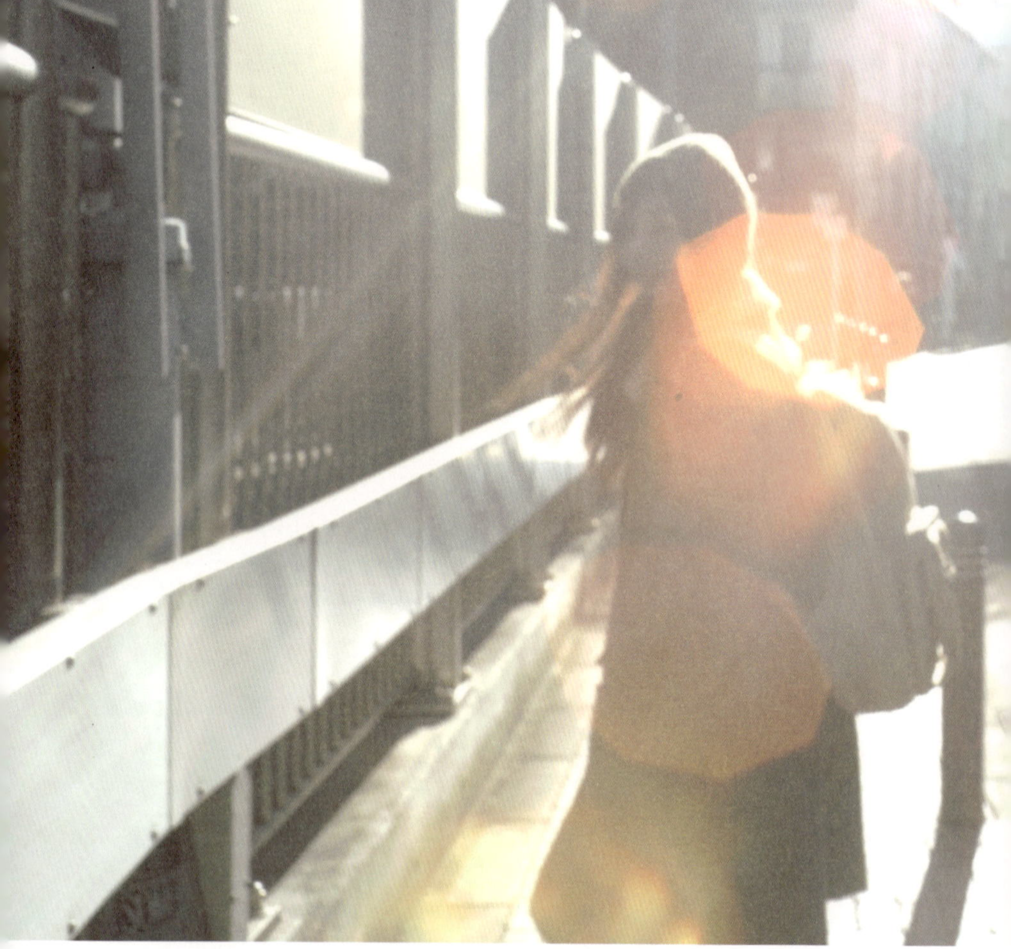

Ann's Whisper

安安
內心話

別拿下班的藥，緩解上班的傷

上班是九點，下班是六點，上班就這樣搶得一天的先機，佔取正宮之位；氣焰囂張、咄咄逼人，不把我榨乾不罷休。還是下班可愛，療癒又懂我。如果凡事總有先來後到，那我要把一天的開始定在下午四點半，那時夕陽的角度正好，斜斜照進玻璃窗，我彷彿能想像，如果下一秒就能打卡，那我就可以搭捷運到淡水、搭公車去基隆，與可愛的下班來個浪漫約會。

貪圖上班的功成名就，又眷戀下班的軟語呢喃，會不會太貪心呢？當然會。所以我們每天一不小心，就加班加到山窮水盡疑無車了才要回家。踏出辦公室，沒有晴空萬里、沒有夕陽斜照，也沒有曾經幻想的時髦下班生活。

在工作好幾年之後，我才發現，有時髦下班生活的

人,上班時更充滿魅力。「下班時光」是他們的化骨綿掌,能輕輕地把上班鳥事去骨為泥。每天埋頭苦幹,只會充滿怨氣,而這股怨氣不只往心裡去,還會往肝裡去。

我們總是習慣性地埋頭苦幹,並且直覺地認為「努力一定會有回報」。然而,這只是一種鴕鳥心態的想法。因為比起在工作上勤勤懇懇,要把人生過成夢想中的樣子更難。畢竟從小,數學課就比體育課重要,我們又怎麼會想承認,那位每天準時下班的同事其實也很優秀呢?例如,因為他下班後規律地去健身房,所以身材超級辣。

比起一直加班,這實在是困難許多──明白自己想要怎樣的人生,並且在規則之外努力追求它。人生為什麼不是從「下班」開始先做考量?先下班、後上班,工作起來不再有迷茫。我們都別再拿下班的藥,緩解上班的傷,或許從一開始,就不一定要受傷。

「不想麻煩別人」的這種心意

喜歡一個人住,可能是因為不喜歡麻煩別人。這對於我來說好像有一點障礙,得不斷練習,才能夠自在一點地拜託與麻煩。黏糊糊的相處很可愛,也是生活中不可或缺的元素,只不過剛好就好,不宜太多。

再契合的人,如果太過緊密地相處,也會有看不順眼的地方;再相通的心,如果太過頻繁地接觸,也會出現微微的不爽。有時候,也不是想獨立,只是不想麻煩別人而已。「不想麻煩別人」是一種強大的力量,會讓人願意去嘗試任何艱難的任務。例如,學會一種語言,或許就是怕溝通不良而造成尷尬;搬出去住,或許也是因為擔心每個人習慣不同而產生不和睦。不想麻煩別人而一個人住,看似與世隔離,其實是保有自我最好的方式,同時也是世界上最浪漫的一件事。

一個人住的浪漫

一個人住最浪漫的事,就是十一點前已梳洗完畢,安安穩穩地躺在床上準備睡覺。由醒入眠的那一刻,就和躺在大學宿舍裡的單人床上沒有差別,這是只有一個人時才能擁有的感覺。窗外疾馳的引擎聲,往某個遠方呼嘯而去。

「好想在這樣的夜裡奔馳。」
「如曾經的同某個晚上。」
還在這樣想時,就已經睡著了。

這樣的晚上,搭配一個台灣難得的乾冷冬天,那就很適合想念。冷空氣那麼重,才沉降成乾冷的冬天。所以冬天的回憶,總是更重一些。

床鋪像一塊巨大的沉積岩,由回憶風化堆積而成;而深深淺淺的想念,糊成了一團枕頭裡的棉花,讓我們每晚枕著入睡。如果越來越容易落枕、脖子越來越僵,是不是你忘了補充想念,所以枕頭塌塌的呢?枕頭若是裝著滿滿的想念,睡起來會十分柔軟,有助於做一個超級棒的夢喔!

七味粉的辣是七分之一

海明威說：「酒是這世界上最文明的東西。」我想，一定是在說配麻辣鍋的時候。蔥薑蒜椒，色彩繽紛，比城市繁華、比生活苦辣，或許就是這樣，味道才更好吧！

如果酒是世界上最文明的東西，那「辣」就是世界上最蠻橫的刺激。生辣椒醬油、辣豆瓣醬、甜辣醬、辣油……，每一種辣，都有它的最佳拍檔。滷肉飯、黑白切、乾拌麵、當歸鴨麵線，任何東西只要加辣，美味程度立刻翻倍。

用味覺分擔痛覺

　　如果不敢吃辣，那就先從七味粉開始吧，因為七味粉的辣只有七分之一。有其他六種辛香料一起分擔，辣味就不那麼辣了。就像開心可以用來分擔難過，幸福可以用來分擔悲傷，味覺也可以用來分擔痛覺。

　　謝謝黑芝麻、白芝麻、紫蘇、陳皮、芥末籽、生薑和海苔，在敢吃辣以前，陪伴唐辛子一起提味。習慣了七味粉的辣，有一天，就突然能吃小辣了；再有一天，就突然想吃大辣了。人就是這樣，明明每次吃完辣，都嘴唇發腫、舌頭脹痛，但只要想起酥麻燙口的快感，口水又開始分泌出來。在愛上吃辣之前，誰都不知道自己能吃多辣；或許，原本就是唐辛子一直在分擔——分擔那些沒味道的平淡。

　　也或許，其實是悲傷在分擔幸福、難過在分擔快樂，才能讓善良的人，也不至於太過天真。傷心過，人生才算有了醍醐味，就像讓人垂涎的料理，總有點「辣」在裡頭，提了味的痛，才能把美味刻進心頭肉。

老媽曾經是辣媽

我的「100 件下班待辦事項」當中,有一項是「聽家人說他的回憶」,因為你永遠不知道,身旁這位熟悉到無聊的人,身上有多少神奇的故事。而你的成長歷程,或許也受到這些故事的影響。我就很喜歡聽我媽講故事,因為她講故事的時候,臉上會浮現出少女般的笑容。人的身體雖然變老了,但靈魂會永遠維持在二三十歲的時候,因為那是我們真正開始了解人生的年紀。

雖然我媽也曾經很不理解我,但她不會因此隨便責怪我,只是會偶爾忍不住表示擔心。身為一名老師,她總是要去符合很多規則與規定,卻從來沒有給我立過什麼八股的規矩,只是常常皺著眉頭說:「你們的東西,媽媽也不懂。」有了這句「不懂」,就代表她願意讓我自己去懂。

媽媽的事蹟很多,教學的三十年裡,在她的班上,有許多不被大人所理解的孩子。有位小朋友,來到媽媽的班級前,因為發不出鼻腔共鳴的聲音,被診斷出構音異常。他來班上那天,媽媽拿出注音符號的字卡讓他唸。他看著「ㄋ」,嘗試很多次,都沒辦法發出正確讀音。突然,媽媽輕輕碰了碰他的鼻樑說:「『ㄋ』就是從這裡出來的。」小朋友摸了摸自己的鼻梁,然後正確地發出「ㄋ」的音,他的父母站在教室後面,驚喜地落下眼淚。他們說,小朋友學了很久,每天拿著鏡子看著舌頭位置、照治療師的引導學習發音,卻始終發不出來,在這一天終於做到了!

兩年之後,在學校的正式測驗下,這位曾被診斷為特殊生的小朋友,竟然有了新的身分——他被認證為資優生。這些故事,媽媽很少說。我也是長大才知道,原來老媽以前是辣媽。如果人生有味道,那她的一定是超大辣。

第一道人生料理

慢慢地,我們開始懂了人情世故,也漸漸習慣了這樣的日子,然而,不知道從什麼時候開始,總覺得好像忘記了什麼。有什麼方法,可以再次想起呢?聽說料理可以。

一百道料理有一百種故事,那我的第一道,一定是魚湯──最暖胃的一碗湯。用薑絲和米酒去除腥味,嗆辣鮮甜,喝一口就想起半夜的漁港,熱氣蒸騰,是冬天最溫暖的地方。再配上大麵炒,美味無比。貨櫃港的清魚湯,是我以前最愛喝的一碗湯。

碎碎的魚肉已經煮到略為乾柴,但沾著用粉紅塑膠小碟子裝的哇沙米,竟很像在吃生魚片。魚湯很暖,齒頰留香,沒想到一留就是一輩子。比魚湯更燙的是半夜一點起床的熱血,在小小的店裡,大家睡眼惺忪、

頭昏腦脹，跟喝醉了沒兩樣。那時候覺得這樣的日子普通又無聊，又怎麼會知道，這或許就是最後一次一起喝魚湯。

長大後，我們不再夜衝了，睡個好覺比較重要，因為，明天還要上班呢。那些橫衝直撞，撞得傷痕累累，或許是太痛了，才讓我們往後甘願走入平凡的生活。

哪一道料理，代表了你的青春呢？是校門口的永和豆漿還是早餐店的蛋餅？找一天再回去吃一次吧。或許很多迷惘，都會在單純的滋味裡得到解答，讓人想起我們曾有過那麼單純的夢想。十年如一日的口味，是世上最難得的一種堅持，謝謝那一碗魚湯，久別重逢，味道還是跟當年一樣。「我也堅持下來了呢。」一邊這麼想，一邊把最後一口湯喝光。

從下班到離職到追夢

還沒回過神，又到了快要負擔下一階段責任的年紀。我只有一個想法：「天啊，我還有想做的事沒做，這輩子還能做嗎？」在人生的路終於走直了的時候，腳鐐卻太重，我的腳抬不起來，邁不進下一步。

但無論如何，對於人生進程，我只有一個信念：「只有在覺得可以了無遺憾地死去時，我才會去結婚生子。」因為我相信，結婚後我就不是我了，而是一個具有多重身分的新角色。

每一次的人生大轉彎，其實都是個超級大盲彎，因為看不到對向來車，所以要把車速放得很慢很慢。工作了很久，我決定到東京生活看看。因為是第一次，所以先去三個月就好，不長也不短。「只有三個月？一年都不到，是可以幹嘛？」三個月是不長，但已足夠確認自己是不是真的喜歡，以及能夠看看自己過不過得了這第一關，如果可以，再繼續破關。

有時候,步伐很小也沒關係。腿就這麼長,沒辦法硬要遠跨,不然腿會抽筋。三個月並不長,但已足夠完成自我觀察,還有對於未來的規劃和想像。大家總說不要管別人的眼光,但我覺得,在意很正常。因為實際上,每個人都會時不時抬頭看一下,並且猜測你最後能走到哪。不要因為那些八卦的眼光,就給自己太大的壓力,覺得大轉身一定要夠華麗,就算只是小小的回眸,也能看到不同於正前方的景象。

東京友情故事

你有沒有過找一間店非常久,最後決定不吃的時候就遇到了的經驗?緣分就是會在你沒在想的時候突然出現。那天上課,沒帶筆的我,和一位韓國女孩借了一支鉛筆。小小的開端,讓我們開始講話。

我們互相加了 Instagram,用英文夾雜日文,聊著台灣和韓國的流行話題,以及許多可以一起去做的事情。明明語言不通,卻願意那麼認真地傾聽對方,即使用著翻譯軟體,也耐心地等待著彼此的回答。

三個月的延時效應

我和韓國女孩的緣份，從借鉛筆開始，走到了一起穿和服、一起拍漂亮照片、一起吃好吃的日本料理。至於會不會走到未來繼續聯絡、走到明年再相見？我不知道，也沒關係。走到今天，是今天的緣分，能走到這裡，就已經很幸福了。

三個月的東京生活，讓我原本一眼望到頭的人生，有了新的刺激。我每一天都有寫下「註記」，因為太簡短了，所以不能算是日記。回程的飛機上，我寫下了最後一天的心情。這篇比較長了，因為，包含了接下來幾年的新規劃。從第一天滑到最後一天，每一天都有戲劇性的變化。一開始還搞不清楚狀況，到後來，交了許多新朋友、見了很多舊朋友；最後，對未來有了完全不同的想像。短短的三個月，竟然像是過了一年之久。在台北的日子，每天不斷地工作，感覺時間一直流逝，生活卻沒有不同。原來，當每一天都有新劇情，時間就有了延長的感受。如果覺得歲月如梭，那就試試跳脫原本平靜的生活。人生，本不該一晃而過，既然有很長的路要走，那麼第一步，就從下班開始出走。

下班後，人生才開始

上班決定薪水，下班決定人生！

作　　　者：張安安（包含照片、插畫提供）
特約攝影：Hand in Hand Photodesign 璞真奕睿影像
料理手繪插圖：楊錫廉
封面設計：Dinner illustrationr
內文設計、排版：王氏研創藝術有限公司
責任編輯：蕭歆儀

總　編　輯：林麗文
副總編輯：賴秉薇、蕭歆儀
主　　　編：高佩琳、林宥彤
執行編輯：林靜莉
行銷總監：祝子慧
行銷企畫：林彥伶

國家圖書館出版品預行編目(CIP)資料

下班後，人生才開始：上班決定薪水，下班決定人生！／安安台北小日常著. -- 初版. -- 新北市：幸福文化出版社出版：遠足文化事業股份有限公司發行，2025.05
面；　公分
ISBN 978-626-7532-99-7(平裝)

863.55　　　　　　　　114000928

書　號：0HDB0031
ISBN：9786267532997
ISBN：9786267680001 (PDF)
ISBN：9786267680018 (EPUB)

出　　　版：幸福文化出版社／遠足文化事業股份有限公司
地　　　址：231 新北市新店區民權路 108-1 號 8 樓
電　　　話：(02) 2218-1417
傳　　　真：(02) 2218-8057

發　　　行：遠足文化事業股份有限公司（讀書共和國出版集團）
地　　　址：231 新北市新店區民權路 108-2 號 9 樓
電　　　話：(02) 2218-1417
傳　　　真：(02) 2218-1142
客服信箱：service@bookrep.com.tw
客服電話：0800-221-029
郵撥帳號：19504465
網　　　址：www.bookrep.com.tw

法律顧問：華洋法律事務所 蘇文生律師
印　　　製：凱林彩印股份有限公司

出版日期：西元 2025 年 5 月初版一刷
定　　　價：420 元

著作權所有‧侵害必究
All rights reserved

【特別聲明】有關本書中的言論內容，不代表本公司／出版集團之立場與意見，文責由作者自行承擔

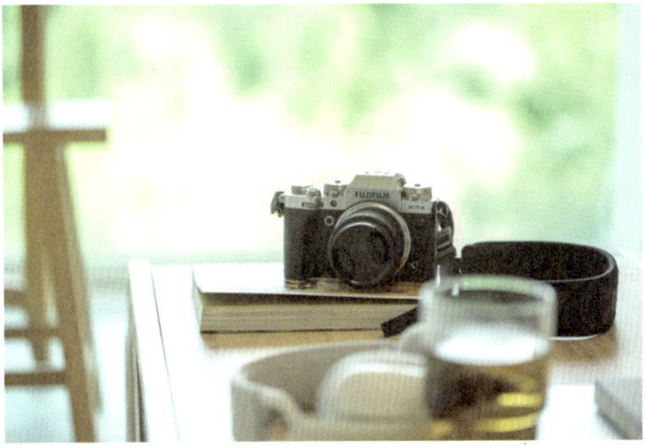
FUJIFILM

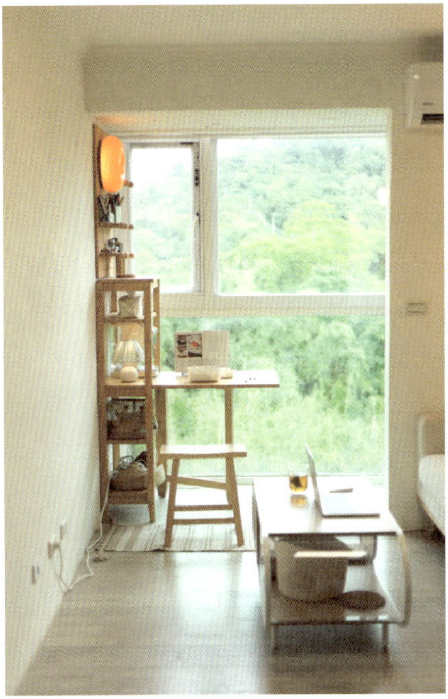

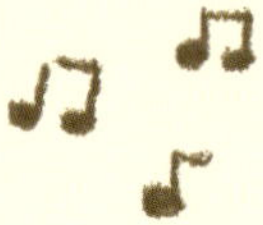

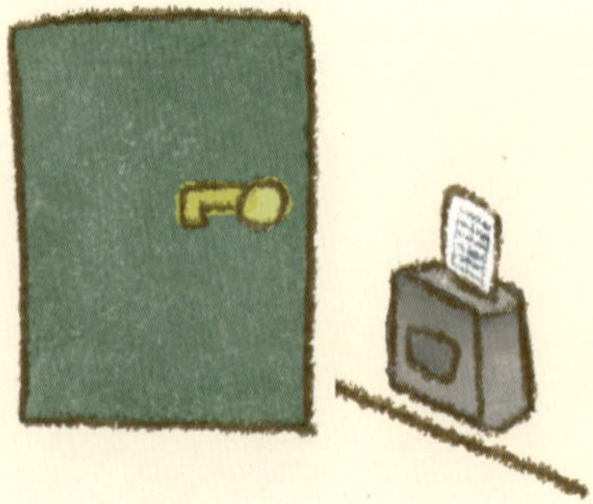